꿈은 토리노를 달리고

YUME WA TORINO WO KAKEMEGURU
by Higashino Keigo

Copyright ⓒ Higashino Keigo 2006, 2009
Original Japanese edition published by Kobunsha Co., Ltd.
All rights reserved.

Korean translation copyright ⓒ 2017 by VICHE
This Korean translation rights arranged with Kobunsha Co., Ltd. through Shinwon Agency
Co., Seoul.

히가시노 게이고

민경욱 옮김

꿈은 토리노를 달리고

夢はトリノをかけめぐる

✿
비채

차 례

1

나는 고양이로소이다.

현명한 독자라면 알겠지만 이 문장은 너무나 유명한 소설의 첫머리를 그대로 베낀 것이다. 그 소설은 "이름은 아직 없다"로 이어지겠지만, 내게는 이름이 있다.

유메키치라는 이름이다. 이름을 지어준 사람은 함께 사는 아저씨이다. 아저씨의 직업은 작가. 사기에 가까운 소설을 쓰며 생계를 이어가고 있다.

보통 우리는 서로의 생활을 간섭하지 않는다. 그런 암묵적인 룰이 있다. 예외는 병이 났을 때 정도로, 그럴 때는 내가 죽쯤은 끓여준다.

그런데 이날 아침은 아저씨에게 도움을 요청할 수밖에 없었다.

"어이, 잠깐 와봐. 큰일 났어!"

내 목소리를 듣고 작업실에 있던 아저씨가 헝클어진 머리를 한 채

7

나타났다. 잠이 덜 깬 눈이었는데 나를 보자마자 휘둥그레진다.

"으악! 너 누구야!"

"나야. 유메키치."

"어? 설마. 그럴 리가." 아저씨는 내 몸을 뚫어져라 보고 나서 고개를 갸웃했다. "그러고 보니 그 스웨터의 줄무늬는 낯이 익다."

"내 털무늬잖아."

"아하!" 아저씨는 고개를 끄덕였다. "그런데 왜 그렇게 됐어?"

"몰라. 눈을 뜨니까 이 모양이야."

어떻게 된 거냐 하면, 원래 고양이여야 하는 내가 인간의 모습을 하고 있었던 것이다. 나이는 스무 살쯤 되었을까. 거울로 보기에는 상당한 미남이다.

"아이고." 아저씨는 담배를 피우기 시작했다. "이거 신기한 일이 벌어졌네."

보통 고양이가 인간으로 변신했다면 이 정도 놀라는 걸로 끝날 일이 아니지만 여기서 어물거리고 있으면 얘기가 진행되지 않으니까 아저씨의 반응도 이 정도로 마무리한다.

"어떻게 했으면 좋겠어?"

"뭐, 이미 그렇게 됐으니 어쩔 수 없지. 인간으로 살아봐라."

"에이. 귀찮은데. 원래대로가 좋아."

"무슨 소리야? 한창 나이의 젊은이가 하루 종일 해바라기나 하고 낮잠이나 자면서 보낼 셈이야? 맞다. 너! 아르바이트나 해라. 역 앞 라면가게에서 사람 구하더라."

"라면은 안 돼. 나, 뜨거운 거 못 먹는 고양이 혀라고!"

"네가 먹는 게 아냐. 손님이 먹는 거지."

"간을 봐야 할 거 아냐. 게다가 내가 돈을 벌면 아저씨 부양공제액이 줄어든다고."

"그런가? 일리가 있군."

아저씨는 TV를 켰다. 피겨스케이트 경기가 방송되고 있었다. 안도 미키의 경기 모습을 본 아저씨의 표정이 헤벌쭉해진다.

"곧 토리노 올림픽이네. 솔트레이크시티가 끝난 지 벌써 사 년이 지났나. 참 시간 빨라." 아저씨는 그런 말을 중얼거리더니 무릎을 탁 치며 나를 봤다. "좋은 생각이 났다."

"이번엔 뭔데?"

"너! 올림픽에 나가라. 금메달을 따서 나한테 은혜 갚으라고."

다음 날, 나는 아저씨와 함께 삿포로행 비행기를 탔다.

"내가 처음으로 동계 올림픽을 알게 된 건 중학교 이학년 때야. 삿포로 올림픽에서 일본 스키점프팀이 금·은·동메달을 다 휩쓸었거든. 그 후로 스키점프 팬이 됐지."

"아, 그건 나도 알아. 하라다, 후나키 선수 정도는."

"그건 나가노 올림픽이지! 삿포로 올림픽은 1972년이야. 그때까지는 겨울에도 올림픽이 열린다는 것조차 몰랐다고."

"나는 지금도 동계 올림픽이 뭔지 잘 몰라. 보통 사람도 마찬가지 아닐까. 하계 올림픽에 비하면 인기가 없잖아."

"너, 참 하기 어려운 말을 잘도 지껄인다. 하지만 네 말이 맞긴 해. 예를 들어 칼 루이스나 세르게이 부브카 같은 선수는 모르는 사람이 없지만 비에른 댈리나 마티 뉘케넨이라고 하면 웬만해선 모르지."

"뉘케넨은 스키점프 선수지? 얼마 전에 폭행죄로 체포됐다는 기사를 봤는데."

"캘거리 올림픽에서 금메달을 세 개나 딴 핀란드의 영웅이지. 그런데 트러블만 기사가 되다니."

"댈리라는 사람은 누군데?"

"비에른 댈리는 노르웨이의 영웅이야. '크로스컨트리의 왕'이라고 불리는 인물로, 나가노 올림픽에서 금메달을 세 개나 땄어. 올림픽 통산 금메달만 여덟 개. 괴물이지."

"몰랐네."

"일단 일본에서는 동계 올림픽에 별로 주목하지 않아. 동계 스포츠 팬으로서 그 점이 내내 불만이라니까. 예전부터 줄곧 왜 그런지 알아보고 싶었어. 마침 좋은 기회니까 일본인에게 동계 올림픽이란 무엇인지 검증해보자."

"아이고, 허풍이 심하네. 정신은 멀쩡한 거야? 다 좋은데 아저씨의 검증과 나의 올림픽 도전은 아무 관계없다고."

"금방 얘기했듯이 일본에서는 동계 올림픽의 인기가 낮아. 그러니까 하계 올림픽보다 출전이 어렵지는 않을 거야. 그걸 확인해보자는 얘기지."

"흥. 그게 말처럼 잘될까. 나는 고양이라고."

맞다.
올림픽 금메달이나
따와라

캬옹

"고양이니까 잘하는 것도 있지 않을까?"

이건 또 어디서 튀어나온 난데없는 낙관적 견해란 말인가.

"꼭 해두고 싶은 말이 있는데, 내가 올림픽에 나가는 건 나를 위해서지 은혜를 갚는다거나 하는 도통 알 수 없는 이유와는 전혀 관계없어."

"아! 도착했다."

"이봐, 아저씨! 내 말 듣고 있는 거야?"

삿포로에서 차를 타고 향한 곳은 육상자위대 마코마나이 주둔지의 니시오카 사격장이었다. 왜 이런 곳에 왔는지 아저씨에게 물어봤다.

"여기에 어떤 종목의 프로들이 있어." 아저씨는 잔뜩 흥분한 상태이다.

"프로? 축구나 야구?"

"그건 동계 스포츠가 아니잖아! '동전교'야."

"동전교?"

아저씨는 휴대전화와 연결된 노트북을 꺼내 어떤 홈페이지를 열었다. '동계전기교육대冬季戰技教育隊'라는 타이틀이 나왔다. 거기에는 다음과 같은 설명이 있었다.

동계전기교육대 통칭 동전교는 인구 185만의 도시 삿포로에 있다. '적설한랭지에서의 전투 및 전투기술 지도에 필요한 교육훈련'을 담당하는 전투·전투기술

교육실, '적설한랭지에서의 부대 운용 등의 조사연구'를 담당하는 조사연구실, '동계 근대2종(바이애슬론)과 스키의 교육훈련'을 담당하는 특별체육과정교육실, 그리고 그들을 지원하는 부대 본부로 구성된 육상자위대의 유일한 동계전문부대이다.

"흠, 전투훈련을 하고 있다는 소린가?"

"뭐 그런 말이긴 한데 실질적으로는 올림픽 출전 선수를 키우고 있지. 특히 바이애슬론은 일본에서는 여기에서밖에 연습 못 해."

"왜? 그런데 바이애슬론이 뭔데?"

"몰라?"

"어디서 들어본 적 있는 것 같아."

그러자 아저씨가 갑자기 얼굴을 찌푸렸다.

"그렇긴 해. 일반인들은 '트라이애슬론의 변형이야?' 이런 소리나 하지. 동계 스포츠는 대개 인지도가 아주 낮지만 바이애슬론이 그중 대표 격이지."

동전교 홈페이지에 따르면 바이애슬론은 스키와 사격이 결합된 스포츠인 모양이다. 즉 열심히 스키로 장거리를 달리면서 중간중간 라이플 사격을 하는 것이다. 사격에서 과녁을 맞히지 못하면 패널티로 더 달려야 한다고 한다.

"생각만 해도 무지 힘든 경기네." 내가 말했다.

"그렇지? 게다가 사격하는 데는 자격이 필요하니까 경기 인구가 적은 게 당연하지."

"아하! 그래서 동전교에서만 훈련하는구나."

"바로 그거야."

"엇! 혹시 이걸 나보고 하란 소리야?"

"맞아."

"싫어. 이렇게 힘든 건 하기 싫어."

"시끄러워! 여기까지 따라나섰으니 이제 포기해. 게다가 정말 경기 인구가 적어. 동전교 멤버는 삼십여 명밖에 안 된다고. 실질적으로 이 사람들이 일본 전체의 경기 인원이야. 그러니까 일단 시작만 하면 국가 대표팀에 들어가는 거야. 어때? 올림픽과 가장 가까운 길 맞지?"

"그런가? 어째 속는 느낌인데."

"그것도 괜찮아. 속는 셈치고 따라와."

차는 산길을 올라 어마어마한 문이 있는 곳에 도착했다. 군인 두 명이 서 있다. 간판에 '육상자위대 동계전기교육대 제1사격장 롤러스키 코스'라고 적혀 있다.

문을 통과하자 널찍한 들판이다. 거기에 아스팔트 코스가 만들어져 있고, 선수인 듯한 젊은이들이 스케이트 같은 것을 신고 그 위를 달리고 있다.

'롤러스키'라고 아저씨가 알려주었다. 눈이 없는 시기에는 이런 식으로 크로스컨트리 연습을 하는 모양이다. 쉭쉭 스키를 타는 모습을 보고 있자니 슬쩍 재미있어 보인다.

군인 제복을 제대로 차려 입은 무섭게 생긴 남자가 다가왔다. 아저

씨는 그 사람과 두세 마디 대화를 나누더니 나를 불렀다.

"이분은 동전교의 홍보 담당 겸 스카우터인 나카무라 다다시 씨야. 나카무라 씨, 이쪽은 방금 얘기한 유메키치입니다."

"자네가 유메키치 군인가?" 나카무라 씨는 험상궂은 표정을 부드럽게 했다. "전에는 고양이였다고?"

아무래도 사정을 알린 모양이다. 나는 잘 부탁드립니다, 하고 고개를 숙였다.

"바이애슬론을 희망한다니 정말 기쁘군. 선수를 모으는 게 무척 힘들거든."

"스카우트 대상은 대학이나 고교에서 크로스컨트리를 한 경력이 있는 사람입니까?" 아저씨가 묻는다.

"그렇습니다. 사실은 정상급 선수를 스카우트하고 싶은데 그런 사람은 거의 일반 기업팀에 들어가 크로스컨트리를 계속하기 때문에…… 현재는 아주 상황이 어렵습니다."

"보통 어떤 말로 스카우트하시나요? 역시 올림픽에 어렵지 않게 나갈 수 있다, 이거 아닙니까?"

"그것도 있지만, 우선 연습 환경이 좋다는 점을 어필합니다. 그리고 크로스컨트리와 바이애슬론, 두 종목으로 올림픽에 출전할 수 있다는 점도요. 총을 마음대로 쏠 수 있다는 점은 의외로 효과가 있습니다. 하지만 좀처럼 쉽게 수긍하지는 않죠."

"문제가 뭡니까?"

"자위대라는 이름에 저항감이 있습니다. 직업의 핵심을 거의 이해하지 못한다고 해야 할까요. 직업적 선수가 목표인 학생의 경우, 자위대라는 것만으로 벌써 아웃입니다. 동전교로 스카우트된 사람에게는 일반 입대자보다 훨씬 높은 지위를 주는데요."

나카무라 씨는 우리를 사격장으로 안내해주었다. 롤러스키로 달려온 선수들은 바로 그 자리에서 라이플 조준 자세를 잡고 사격을 시작했다. 50미터 앞에 나란히 놓인 검고 둥근 표적 다섯 개를 노리는 것이다. 명중하면 검은 표적이 하얗게 변한다.

"크로스컨트리로 숨이 찰 텐데 용케 바로 사격을 시작하네요." 아저씨가 감탄하며 말한다. "저는 학창 시절에 양궁을 했는데 숨이 거칠어서 좀처럼 조준기를 맞출 수 없었거든요."

"사격장에 가까워지면 조금씩 숨을 고르기도 합니다. 하지만 세계적인 남자 선수라면 특별히 호흡이나 심장 박동을 조정하지 않습니다. 그대로 달려와서 곧바로 사격에 들어갑니다. 호흡도 맥박도 그다지 의식하지 않고 쏘기 시작하는 겁니다. 빠른 선수라면 표적 다섯 개를 삼십 초 이내에 쓰러뜨리고 가기도 합니다."

세계적으로 싸운다는 건 대단한 일이구나.

귀여운 여성이 씩씩하게 달려와 라이플을 겨눴다. 그 모습이 무척 늠름해 멋져 보였다. 어쩐지 히로스에 료코일본의 인기 여배우와 닮았다.

"저 사람, 귀엽네." 내가 말했다.

"그러네." 아저씨도 실실 웃고 있다.

"메구로 가나에입니다." 나카무라 씨가 알려줬다. "지금 가장 촉망받는 선수입니다. 토리노 올림픽 출전도 내정되어 있습니다."

알려준 프로필에 따르면 메구로 선수는 일본여자체육대학 출신으로, 올해 나이는 스물일곱 살. 바이애슬론은 물론 자위대에 들어온 뒤 시작했으며 그전에는 크로스컨트리 선수였다. 월드컵 출전은 2003년부터이고 작년 시즌 최고 성적은 8위. 주력走力은 세계에서도 10위 전후로, 이번 시즌은 시상대에 서는 것도 노려볼 만하다고 한다.

"처녀 시절 성은 스즈키입니다."

나카무라 씨의 말에 우리는 깜짝 놀랐다.

"예? 처녀 때?"

"예. 남편은 솔트레이크시티 올림픽 바이애슬론 대표 선수였던 메구로 히로나오입니다."

아무래도 유부녀인 모양이다. 아저씨, 살짝 실망한다.

현재 여자부 메구로 가나에 선수 외에, 남자부에서는 이사 히데노리 선수가 올림픽 대표로 내정되어 있다고 한다. 바이애슬론 대표는 남녀 각 다섯 명(보결 한 명씩 포함)으로, 이 이상한 원고가 잡지에 실릴 무렵에는 결정되어 있을지도 모른다.

"다들 대단하네요. 저도 이런 걸 할 수 있을까요?"

"연습하기 나름이지." 나카무라 씨가 말한다. "하지만 자네는 등이 조금 굽었군."

"그거야 타고난 거죠. 고양이니까."

"바이애슬론을 하면 굽은 등은 금방 고치지."

이후 아저씨가 무슨 짓을 했는지, 메구로 가나에 선수와 대화를 나눌 수 있었다.

실내에서 마주 앉고 보니 메구로 선수는 훈련하고 있을 때보다 훨씬 작아 보였다. 라이플을 겨누거나 롤러스키를 타고 있을 때의 그녀는 실제보다 크게 보였다는 뜻이다. 아무래도 경기에 대한 자신감이 나한테까지 전해진 모양이다.

메구로 선수는 토리노에서 메달을 따는 것이 현재 목표라고 했다. 실로 든든하기 이를 데 없다.

"크로스컨트리에서 바이애슬론으로 전향한 결정적인 계기는 무엇입니까?" 아저씨가 묻는다.

"대학 삼학년 때 동전교에서 스카우트 제의를 받았는데, 자위대에 들어오면 총을 쏠 수 있으므로 바이애슬론도 가능하다는 얘기를 들었습니다. 그리고 경기 인구가 적으니까 올림픽에 출전하는 길도 가깝고요."

이 말은 나카무라 씨가 말한 그대로다.

"총을 쏜다는 것과 올림픽 출전, 뭐가 더 매력적입니까?"

"저는 총을 쏘는 쪽인 것 같아요. 올림픽은 정말 꿈같은 얘기였으니까요."

"실제로 쏴보니 어땠습니까?"

"음, 어려웠습니다. 외국 선수는 어릴 때부터 총에 익숙한 탓인지 역시 사격을 잘한다고 생각합니다."

아저씨가 자리에서 일어나기에 슬쩍 나도 질문을 해보았다.

"저기, 저도 바이애슬론을 해보라는 말을 들었어요."

"그래요. 열심히 해보세요."

"달리다가 갑자기 총을 쏜다는 게 무척 힘들어 보이던데요."

"그건 그렇죠." 메구로 선수가 쓴웃음을 지었다. "자기 리듬을 지키지 못하면 호흡 조정이 불가능해요. 처음에는 사격이 전혀 안 됐어요. 조준이 흔들리는 거는 양반이고 방아쇠를 당기기조차 어려웠으니까요."

"아이고, 그렇게나!"

"경기 시작 전에는 아무리 괴롭더라도 일단 쏘고 보자고 생각해요. 우선 방아쇠를 당겨야 하니까요. 그런데 이게 은근히 어려워요."

내 표정이 어두워진 모양인지 메구로 선수가 당황하며 손을 흔들었다.

"어머, 하지만 맞히면 얼마나 기분이 좋다고요. 쾌감을 느껴요."

"못 맞히면 괴롭겠죠."

"그거야 그렇지만 못 맞혀봤자 더 달리면 된다고 생각하면 돼요."

그렇게 쉽게 생각할 수 있을까.

"저는 원래 고양이라 개와 달리 오래달리기를 그리 잘하는 편이 아니에요."

"그렇다면 오히려 더 바이애슬론이 맞아요. 일단 사격을 잘하게 되면 못하는 선수보다 달리는 거리가 짧아지니까요. 주력이 부족한 사람도 이길 수 있는 기회가 생기는 거죠."

"아하. 그렇습니까."

왠지 속는 기분이지만 이해하고 말았다.

"저기, 이런 거 물어봐도 될까요."

"뭐든 물어보세요."

"그러니까 바이애슬론의 매력이 뭡니까?"

메구로 선수는 잠시 생각에 빠졌다.

"하고 있을 때는 힘들어요. 그 매력은 골인했을 때 말고는 알 수 없을지도 몰라요. 사격을 잘하고 잘 달려 골인했을 때는 커다란 성취감이 있죠. 그래서 계속하는 것 같아요."

"대단하시네요."

나는 주위를 두리번거리면서 작은 목소리로 말했다.

"메구로 씨는 군인이죠. 그 점에는 불만이 없나요?"

그러자 메구로 선수도 목소리를 낮췄다.

"역시 규율이 세요. 예를 들어 식사시간도 딱 정해져 있어 자유가 없어요. 총의 보관법 같은 것도요. 법률이니까 자유롭지 못한 건 당연하지만."

"정말 힘들겠어요."

메구로 선수의 말에 따르면 바이애슬론은 유럽에서는 인기 많은 경기라고 한다. 한 선수에게 팬클럽이 여러 개 있거나 대회 때 현수막이 걸리는 일도 있단다. 연예인 같은 선수도 있다고.

"그런 성원을 업고 달리니까 강한 걸까, 하고 생각하기도 해요." 메구로 선수가 부러운 듯 조용히 말했다.

이후 일정이 있는지 메구로 선수는 방을 나갔다. 아저씨는 어디서 뭐 할까 궁금해질 때쯤 다른 여성이 들어왔다. 운동복 차림이다.

"어라, 넌 누구야?" 내게 말을 걸어왔다.

"유메키치입니다."

"아! 바이애슬론을 하고 싶다는 고양이?"

"아니, 하고 싶다고는……."

"나는 소네다 지즈루야. 잘 부탁해. 크로스컨트리를 하고 있어."

"아, 바이애슬론이 아닌가요?"

"나도 동전교에 들어온 직후에는 반년 동안 바이애슬론을 한 적이 있어. 체구도 작은데 그렇게 무거운 총(약 4.5킬로그램)을 짊어지라니. 지금과 비교하면 근육이 전혀 없었기 때문에 어깨는 뭉치고 무거워지지, 롤러스키는 힘들지, 표적은 당연히 안 맞지, 정말 너무 싫어서 죽을 뻔했어."

"사격이 싫었나 봐요?"

"맞아. 뭐랄까, 크로스컨트리도 그다지 좋아하지는 않았지만."

"예?"

"육상을 하고 싶었어. 장거리. 하지만 학교 육상부가 대단치 않아서 육상훈련을 할 셈으로 스키부에 들어갔어. 그러니까 겨울이 되면 스키를 탈 수밖에 없잖아. 그러다 보니 조금씩 재미가 붙었고, 성적이 쑥쑥 올라가서 기분도 좋았고."

"하지만 크로스컨트리라면 자위대에 들어오지 않아도 되잖아요."

내 말에 소네다 선수는 "맞아!" 하며 목소리 톤을 높였다.

"나는 대학에 가고 싶었어. 자위대 같은 거 정말 싫었다고. 자위대라는 말의 울림도 싫고. 녹색 제복을 입고, 좀 이상한 분위기 아냐? 싫었지만 고등학교 때 선생님과 부모님이 나를 대학에 보내면 집이

파산한다고 해서…….”

“파산?”

“나 말이야, 클럽 활동 때문에 돈이 꽤 들었나 봐. 그래서 선생님과 부모님이 상담해서 자위대에 들여보내기로 한 거지. 대학에서 추천 얘기가 오긴 했는데…… 실제로 돈을 많이 쓴 상태였으니 지금 생각하면 어쩔 수 없었다고 생각해.” 그렇게 말하고 소네다 선수는 깔깔대고 웃었다.

“아저씨…… 저랑 같이 사는 사람인데, 예전부터 크로스컨트리를 해보고 싶다고 했어요.”

“그 작가님? 어머, 특이하네.”

“그래요?”

“그저 괴로움을 꾹 참고 달리기만 하는 게 크로스컨트리야. 나는 다른 사람에게 권하지 않아. 재미있다고는 할 수 없거든.”

“그럼 소네다 씨는 왜 계속하세요?”

“그거야 아직 납득할 만한 성적을 못 냈으니까. 세계선수권이나 올림픽 대표에서 탈락했을 때는 그만둬야겠다고 생각한 적도 있는데 그러면 앞으로 인생에서 나쁜 일이 있을 때마다 도망갈 것 같아서 계속한 거야. 정신적으로 너덜너덜한 적도 있었지만 여기가 바닥이라고 생각하고 만족할 만한 성적을 낼 때까지는 절대로 그만두지 않기로 결심했지. 그래서 여기까지 왔다고 해야 할까.”

싫다, 싫다 하면서도 소네다 선수의 생각은 뜨겁기만 했다. 그녀의 성적을 조사해봤더니 2012년부터 전일본스키선수권 등 수많은 전

일본급 대회에서 우승하고 있다. 대단한 선수인 것이다.

"열심히 해주세요. 올림픽 대표가 되면 좋겠네요."

"고마워. 너도 힘내."

소네다 씨가 나가고 얼마 있다가 아저씨가 돌아왔다.

"어디 갔었어?" 내가 물었다.

"나카무라 씨에게 트레이닝 시설을 보여달라고 했지. 많은 걸 갖추고 있어. 대단해. 너도 여기서 열심히 해봐."

"아니, 나는 조금 더 생각해보기로 했어."

"뭐야. 이제 와서 도망칠 셈이야?"

"그게 아니라 동계 종목에는 여러 가지가 있잖아. 그걸 전혀 몰랐던 것 같아. 뭐가 있는지 좀 더 보고 싶어."

"그렇군. 그럼 다음은 뭘 할까?"

"그렇게 물어도 대답하기 어려워. 어떤 종목이 있는지 전혀 모르니까."

"그래?" 아저씨는 팔짱을 끼고 잠시 생각을 하더니 손가락으로 딱 소리를 냈다. "좋았어. 이번에는 그거에 도전하자."

"어? 그거가 뭐야?"

"그거라고 하면 그거야."

그거라는 게 뭐야. 그것은 다음 장까지의 즐거움으로 놔두자.

그저 괴로움을 꾹 참고
달리기만 한다

2

어느 날 아침, 창가에서 해바라기를 하고 있는데 아저씨가 고양이 장난감으로 내 코를 간지럽혔다.

"뭐 하는 거야? 나는 이제 고양이가 아니라고!" 코를 문지르면서 항의했다.

"한창 젊은 놈이 늘어져 있으니까 그러지. 고양이일 때는 별 도움이 안 되어도 괜찮았는데 인간의 모습으로 그러고 있으니까 보기만 해도 화가 나잖아."

"지금은 휴식중인데."

"하루 종일 휴식중이면 어쩔 건데? 그거는 어떻게 할 거야?"

"그거라니?"

"지난번 일은 잊었냐? 동계 올림픽에 도전하기로 했잖아."

"아, 그거." 나는 어슬렁어슬렁 일어났다.

"아직도 기억하고 있어?"

"당연하지. 설마 슬쩍 넘어가려고 생각한 건 아니지? 올림픽 도전을 그만둘 거면 라면가게에서 아르바이트 시킬 거야."

"알았어, 알았어. 하면 되잖아. 그래서 이번에는 뭘 해야 하는데?"

그러자 아저씨는 씩 웃고 TV와 비디오 전원을 켰다. 화면에는 온통 눈 풍경이었다. 엄청나게 눈이 내리는 가운데 한 선수가 직활강한 후 공중을 향해 날았다. 아나운서가 절규했다.

본 적 있는 영상이었다. 나가노 올림픽 스키점프 단체전에서 일본이 금메달을 땄을 때의 모습이다.

하라다, 후나키 등 네 선수가 눈 위에서 뒹굴면서 기뻐하는데 아저씨가 영상을 멈췄다.

"너, 이걸 해."

뭐? 하며 나는 뒤로 넘어졌다.

"좀 봐줘. 저런 무서운 걸, 할 수 있을 리가 없잖아."

"너 고양이잖아. 높은 데서 뛰어내리는 건 잘 하잖아."

"정도의 문제지. 활강해 공중으로 날아간다니 상상만 해도 꼬리가 감춰지네."

"그러니까 멋지고 남자답잖아. 스타가 될 수 있다고."

"흥. 그런가." 나는 고개를 갸웃했다. "스키점프로 활약해도 스타는 안 될 것 같은데."

"좋았어. 그럼 확인해보자."

우리는 집을 나와 근처 찻집에 들어갔다. 그곳에는 모나미라는 귀여운 웨이트리스가 있다. 열아홉 살이라고 한다.

"저기 모나미, 나가노 올림픽의 스키점프, 기억해? 금메달 땄을 때." 아저씨가 싱글거리며 묻는다.

"알아요. 엄마랑 아빠가 잔뜩 흥분했으니까."

"그것 보라고." 아저씨가 내게 말했다. "이런 아이도 그 시합에 대해 알고 있잖아."

"그럼, 금메달을 딴 사람 이름은?" 나는 모나미에게 물어봤다.

"당연히 알겠지."

아저씨가 말하자 모나미는 갑자기 곤란한 듯한 표정을 지었다.

"그러니까 하라다와 후나키……."

"그리고? 합쳐서 네 명인데." 내가 재촉했다.

그녀는 고개를 흔들었다.

"죄송해요. 나머지 사람은 몰라요."

"어랏! 그래?" 아저씨가 눈을 크게 떴다.

"그럼, 개인전은 기억해?" 내가 모나미에게 말했다. "후나키가 노멀힐에서 은메달, 라지힐에서 금메달을 땄고 하라다도 라지힐에서 은메달을 땄는데."

"그랬나요?"

"기억 못 하네."

"죄송해요. 초등학생 때여서." 그렇게 말하고 자리를 떴다.

아저씨는 팔짱을 꼈다.

"금메달을 딴 스키점프조차 이 정도 인지도인가. 생각보다 동계 스포츠는 인기가 없군. 음, 역사는 되풀이된다는 말인가."

"역사?"

"나가노 올림픽 이전에도 스키점프가 각광받던 순간이 있었어. 1972년, 삿포로 올림픽 때 말이야."

"지난번에도 그 얘기는 했어. 금·은·동을 독점했다고."

"70미터급 순 점프였지. 지금으로 따지면 노멀힐이지. 가사야 유키오의 금메달 점프에는 정말 감동했어. 가사야 선수는 90미터급에서도 금메달을 딸 기회가 있었는데 두 번째 점프에서 돌풍이 부는 바람에 이루지 못했어."

"엄청난 선수였네."

"삿포로 올림픽에서 일본이 딴 메달은 결국 그 세 개뿐이었어. 하지만 그 세 개가 얼마나 중요했는지 깨달은 건 그다음 대회인 인스브루크 올림픽 때였어. 전 종목을 다 뒤져도 6위 입상자가 전무하다는 비참한 성적으로 끝났거든. 유일하게 기대했던 스키점프도 지난번에 이어 출전한 가사야가 70미터급 16위, 90미터급 17위에 오르고 만 정도야. 일본 전체가, 실망했다기보다 어처구니없었지. 애써 삿포로에서 올림픽을 개최했는데도 일본에서 동계 올림픽이 그다지 주목받지 못한 원인은 여기에 있다고 생각해. 실망할 수밖에 없는 영상은 아무도 보고 싶어 하지 않을 테니까."

"왜 스키점프도 안 됐던 건데?"

"한마디로 말해 세대교체 실패야. 가사야 유키오는 올림픽에 네 번이나 출장한 위대한 선수지만 거꾸로 말하면 다른 선수가 없다는 말이 되지. 인스브루크 올림픽에 나갔을 때는 서른두 살. 아무리 생각해도 피크를 넘긴 나이이지. 삿포로 올림픽에서 성적이 좋았기 때문에 스키점프계가 방심했을지도 몰라. 그렇다고 일본 스키점프가 곧바로 침체된 건 아니야. 그다음 레이크플래시드 올림픽에서는 야기 히로카즈 선수가 70미터급에서 은메달을 땄고 아키모토 마사히로 선수도 4위에 올랐으니 그럭저럭 성적을 냈지. 하지만 문제는 그 다음이었어."

아저씨는 주먹을 쥐어 테이블을 내려쳤다.

"사라예보 올림픽에서는 이후로 '버드맨'이라고 불리는 핀란드의 마티 뉘케넨과 동독의 신동 옌스 바이스플로크가 등장해. 당연히 90 미터급은 뉘케넨이, 70미터급은 바이스플로크가 제패했지. 일본 은⋯⋯."

거기까지 얘기하고 아저씨는 침묵했다.

"일본은 어땠는데?" 말을 재촉했다.

아저씨는 힘없이 고개를 절레절레 흔들었다.

"안 되겠어. 기억도 안 나. 그때 틀림없이 막 결혼한 친구 집에서 같이 TV를 봤는데. 스키점프 마니아였던 내가 모두에게 해설했던 건 기억나. 이번 대회는 뉘케넨과 바이스플로크의 대결이라고. 그런데 일본 선수는 전혀 기억이 안 나. 어렴풋이 기억나는 건 첫 번째 점프 가 끝난 시점에서 이미 입상올림픽 4~8위 선수에게는 상장이 수여됨 가능성조 차 없었다는 거야. 음. 생각이 안 나."

아저씨가 고민하고 있었기 때문에 나는 노트북을 꺼내 인터넷을 이용해 조사해보았다. 사라예보 올림픽의 성적은 다음과 같았다.

70미터급

나가오카 마사루 / 22위

마쓰하시 사토루 / 34위

시마 히로 / 45위

야기 히로카즈 / 55위

90미터급

야기 히로카즈 / 19위

마쓰하시 사토루 / 20위

나가오카 마사루 / 43위

시마 히로 / 51위

"그래, 그랬어." 뒤에서 노트북을 들여다보며 아저씨가 말한다.

"레이크플래시드 올림픽 은메달리스트인 야기 히로카즈 선수조차 사 년이 지나자 이런 성적이야. 또 다른 에이스 아키모토 선수가 교통사고로 출전 못 하게 된 것도 일본에게는 뼈아픈 일이었지. 사실 당시 세계적으로 먹어주던 건 아키모토 선수였거든."

"이 시기가 일본 스키점프계의 가장 나쁜 때였어?"

"천만에. 점점 더 바닥으로 추락하지. 그다음 캘거리 올림픽 기록을 조사해봐."

아저씨의 말에 따라 찾아봤다. 기록은 다음과 같았다.

70미터급

사토 아키라 / 11위

나가오카 마사루 / 25위

다오 가쓰시 / 51위

다나카 신이치 / 52위

90미터급

사토 아키라 / 33위

다나카 신이치 / 47위

나가오카 마사루 / 48위

다오 가쓰시 / 52위

음. 나는 신음했다.

"확실히 결과가 안 좋네."

"그것만이 아니야. 실은 캘거리 올림픽부터 스키점프 단체전이 정식종목에 올랐는데 일본은 열한 개 팀 중 11위. 즉 꼴찌였어. 1위 핀란드와 160점 차이가 난 건 어쩔 수 없지만 10위 미국과도 30점이나 차이가 났으니 그야말로 굴욕적인 최하위였지. 핀란드의 마티 뉘케넨은 개인 2관왕 포함, 사상 최초 3관왕에 빛났으니 더욱 비참했어. 이 대회에는 영국의 마이클 에드워즈라고, 성인이 되어 점프를 시작한 구둣방 아저씨가 출전했는데 에디라는 애칭으로 큰 인기를 끌었어. 에디는 개인전 두 종목 모두 꼴찌였지만 즐겁게 나는 모습이 정말 빛나 보였지. 성적이 안 나와서 비장감마저 감도는 일본 선수들은 아무도 주목하지 않았어."

"짓밟히고 채이고 한 거네요."

"그렇다니까. 당시 나는 분개했어. 이제 어쩔 거야, 정신 차려, 하며 일본 스키점프에 단단히 주의를 줬지."

"그저 글이나 쓰는 아저씨가 어떻게 주의를 줘?"

"글을 쓰니까 할 수 있지. 스키점프를 주제로 한 소설을 쓰기로 했어. 천재적인 점퍼가 출현해 일본 스키점프계의 기대를 짊어지지만 누군가에게 살해당한다는 스토리야. 어때? 재미있겠지? 《조인계획鳥人計画》이라는 제목으로 신초샤에서 나왔어. 지금은 가도카와에서 나오니까 지인에게 추천하라고."

"다른 회사 책을 홍보하는 건 좀 아니지 않아? 이 부분은 담당자가 자를지도 모르겠네."

"밑져야 본전이지. 일단 나는 그 책을 쓰면서 다양한 취재를 했어. 놀랍게도 현재 서른세 살로 여전히 현역에다 일본인 월드컵 최다 우승을 자랑하는 가사이 노리아키를 취재하기도 했다고. 당시 그는 고교 일학년이었어. 구도 시즈카1990년대 여성 아이돌. 기무라 타쿠야의 부인의 팬이었지."

"아! 그 선수라면 알아. 나가노 올림픽 후에 열린, 후나키 가즈요시의 월드컵 종합 우승이 달린 시합에서 엄청난 점프로 우승을 거머쥐어 결국 종합 우승을 실패하게 만든 선수잖아."

"그런 건 기억하지 마라. 하지만 네 말이 맞아. 그때는 나도 쓴웃음을 지었지. 스포츠맨십이라는 관점에서 보면 가사이 선수가 한 일에는 아무 문제가 없지만……."

"나가노 올림픽 단체전 멤버에 가사이 선수가 못 들어갔지. 그래서 의욕을 불태운 거 아닐까."

내가 얘기하자 딱 하고 아저씨가 손가락을 튕겼다.

"그 점은 나도 동감이야. 점프 마니아인 내가 보기에, 가사이 노리아키라는 선수는 실력에 비해 올림픽에서의 결과가 나빠. 그런데 그점이 바로 일본 스키점프계의 실상을 드러내는 것이라 할 수 있어. 예를 들어 내가 가사이 선수를 처음으로 만난 1988년 말, 삿포로에서 열린 월드컵에 스웨덴에서 어떤 선수가 나왔어. 나중에 점프계의 역사를 크게 바꾸는 선수지."

"그런 대단한 선수가 있어?"

"얀 보크뢰브 선수야. 그때까지 대적할 사람이 없던 마티 뉘케넨이 비거리에서만큼은 이 선수를 이기지 못했어. 이 선수의 특징은 스키를 크게 옆으로 벌린다는 점이었어. 그 모습 때문에 브이 점프라는 별명이 붙었지."

"스키를 벌려? 그거 혹시……."

"말 그대로 브이 점프야. 보드를 벌리면 비거리가 길어진다는 것은 대부분의 선수들이 경험으로 알고 있지. 하지만 자세 점수가 나빠지기 때문에 누구도 선택하지 않았어. 보크뢰브는 조금 감점이 되더

독수리 에디

꼴 찌여도
즐겁다니
부럽다

흠, 역시
즐기는 게
중요한
건가

라도 비거리로 커버하면 된다는 역발상으로 이 방식을 밀어붙인 거지. 그 결과 무적인 뉘케넨마저 위협하는 존재가 되었어."

"흠. 다른 선수는 흉내 내지 않았어?"

"물론 전세계 관계자가 주목했어. 일본도 예외는 아니었지. 당시 일본 대표팀 코치였던 오노 마나부 씨에게 브이 점프에 대해 물은 적이 있어. 오노 씨는 두 가지 문제점을 꼽았어. 첫째, 누구나 비거리가 나오느냐 하면 그게 불확실하다는 거야. 둘째는 룰이야. 채점 기준이 어떤 식으로 바뀌느냐에 따라 대처 방식도 달라져야 한다는 거지. 알베르빌 올림픽까지 삼 년밖에 안 남은 시점이었으니 판단하기 어려웠겠지."

"그래서 어떻게 됐는데?"

"대충 얘기하자면 각자의 판단에 맡겼어. 얼마 후 룰이 변경되어 브이 점프가 감점 대상에서 빠졌지만, 그렇다고 브이 점프를 하는 선수만 이긴 건 아니야. 브이 이론은 아직 정립되지 않았기 때문에 스키를 벌리기만 하면 누구나 비거리를 늘릴 수 있었던 건 아냐. 전처럼 평행으로 하는 클래식 스타일 선수가 이기는 경우도 많았어. 그중 한 사람이 가사이 선수야. 그의 스타일은 세계적으로 아름답고 예술적이라는 평을 들었고, 실제로도 좋은 성적을 거뒀기 때문에 브이 점프로 바꿀 이유가 없었지. 알베르빌 올림픽 전년까지도 자신은 클래식으로 간다고 단언했어."

"그 말투로 보건대 결국 바꿨다는 말이네?"

내 질문에 아저씨는 떨떠름한 표정을 지었다.

"모든 경기가 그렇지만 올림픽 전 시즌 성적은 사실 별 문제가 아니야. 다른 나라 선수들은 본 대회에서 좋은 성적만 거두면 그때까지의 성적은 어떻든 상관없다고 생각하니까. 가사이 선수를 비롯해 클래식 스타일 선수들이 좋은 성적을 거두는 가운데, 조용히 비약을 노린 선수들은 눈앞의 승패를 도외시하고 속속 브이 점프로 전향했어. 그러다가 올림픽 시즌의 월드컵 때 일거에 개화했어. 그때까지 그리 눈에 띄지 않았던 선수들이 브이 점프로 이기는 거야. 이제 더는 클래식으로 이길 수 없는 상황으로 격변한 거지. 그러자 가사이 선수라도 대응에 쫓길 수밖에 없었어. 올림픽을 눈앞에 두고 가사이도 브이 점프로 전향했어. 하지만 그런 임기응변이 통할 리 없지. 노멀힐 31위, 라지힐도 26위라는 성적으로 끝났어. 이 대회는 그야말로 브이 점프 전성시대의 도래를 상징했지. 핀란드의 토니 니에미넨이 열여섯 살이라는 젊은 나이에 라지힐의 금메달리스트가 된 것도 브이 점프 덕분이지. 핀란드에는 마티 뉘케넨이라는 클래식 스타일의 위대한 모범이 있었는데도 브이 점프에 도전한 거지. 일본도 좀 더 빨리 대응했다면 다른 결과가 나왔으리라 생각해. 그렇다고 해도 모두가 늦은 건 아니야. 일본에도 일찍이 브이 점프에 도전한 선수가 있었어. 그 대표가 하라다 마사히코 선수야. 하라다 선수는 라지힐에서 4위에 들어, 오랜만에 일본 스키점프계에서 입상자가 나왔지. 하라다 선수의 활약으로 단체전에서도 4위에 오르는 등 일본은 대약진했어."

"기다렸어!" 나는 손뼉을 쳤다. "하라다 마사히코. 그 이름이 언제 나오나 했지."

"나는 하라다 선수와는 두 번 만났어. 첫 번째는《조인계획》의 취재를 할 때. 하라다 선수는 고등학교를 막 졸업하고 유키지루시_{일본의} 식품회사에 들어갔어. 유럽 원정에서 막 돌아온 터라 잠깐 인사만 나눈 정도였지. 분명히 당시 하라다 선수는 두드러진 성적이 없어서 재능을 드러내지 못하고 있었어. 1998년 가을, 그러니까 나가노 올림픽에서 전 일본이 열광한 지 반년 후에 합숙중인 하라다 선수를 인터뷰한 것이 두 번째 만남이었어. 그때는 그야말로 관록이 붙어 있었지. 그때 들었는데 한발 앞서 브이 점프로 전향한 건 클래식 스타일로 결과가 나오지 않아서, 라는 아주 단순한 이유였나 봐. 성적이 좋았으면 가사이 선수처럼 망설였겠지만 원래 대단한 성적이 아니었기 때문에 그때까지의 기술을 버리는 데 아까울 게 없었던 거지."

"홧김에 한 전향이 빛을 발했다는 거야?"

"홧김이 아니라 원래 도전정신이 강한 거지. 자, 가사이 선수 이야기로 돌아가자고. 브이 점프로 전향한 뒤, 기술을 자신의 것으로 만들면서 그는 성적이 점점 좋아졌어. 실제로 이 년 후인 릴레함메르 올림픽에서는 노멀힐에서 5위에 들었어. 가사이 선수만이 아니라 라지힐에서 오카베 다카노부 선수가 4위에 드는 등 일본 스키점프계가 한숨 돌린 듯해서 다행이었어. 자, 이렇게 되니 단체전에 대한 기대가 높아졌어. 유명한 이야기이니까 괜한 말을 붙여 설명할 필요는 없겠지. 결과는 2위였어. 게다가 단순한 2위가 아니라, 최종 점퍼가 날기 전까지 일본은 단독 1위였어. 그런데 최종 점퍼가 말도 안 되게 점프에 실패해서 대역전을 당하며 독일에게 금메달을 내준 거지. 그

얀 보크뢰브

토니 니에미넨

하라다 마사히코

때의 마지막 점퍼가 바로……."

"하라다 마사히코 선수지. 점프 후 두 손에 얼굴을 묻고 웅크려버렸잖아."

"안타까운 장면이었지. 지금도 눈에 선해." 아저씨는 눈을 감고 명상하는 표정을 지었다.

"모나미에게 물어볼까. 그때 일을 기억하는지?"

아저씨는 눈을 감고 조금 망설이는 표정을 보이며 고개를 저었다.

"그만해. 모나미는 그때 일곱 살이었을 거야."

"나가노 올림픽의 기억도 애매하니 실망할지도 모르겠네."

아저씨는 떨떠름한 표정을 짓고 다시 이야기하기 시작했다.

"이 사건은 릴레함메르 올림픽 전 종목 중에서도 세계의 주목을 받았어. 대회 전까지 가장 유명한 일본 선수는 노르딕복합의 오기와라 겐지였는데 대회가 끝나고 나니 일본인 하면 하라다가 됐어. 현지 신문에서도 '하라다는 성공하지 못했다'라는 식으로 크게 다루었으니까."

"아주 사소한 얘기까지 기억하고 있네."

"내게도 특히 인상 깊은 사건이었으니까. 하라다 선수의 점프 실패에 대해서는 여러 설이 난무했어. 그중 관심을 받았던 것이 독일의 바이스플로크가 아직 결과도 나오지 않았는데 '우승 축하해'라고 하라다 선수에게 악수를 청했다는 이야기였어. 압박감을 주기 위한 작전이었지. 물론 바이스플로크는 부정했고 하라다 선수도 관계없다고 했지만."

"사실은 뭔데?"

"글쎄. 다만 확실히 얘기할 수 있는 건 하라다 선수의 실패는 일반적으로 생각하는 만큼 예상외의 실패가 아니라는 점이야. 이유는 두 가지가 있어. 하나는 원래 점프라는 게 그래. 불확정 요소가 강한 스포츠야. 삿포로 올림픽 90미터급에서 가사야 선수가 돌풍에 휘말려 속도가 떨어진 것처럼, 무슨 일이 일어날지 모르는 게 스키점프야. 그리고 또 하나는 당시 하라다 선수에게는 그런 경향이 있었다는 거야. 큰 점프도 하지만 큰 실패도 하는 타입의 선수라는 거지. 단체전만 기억에 남아 있어서 그다지 다뤄지진 않았지만 릴레함메르 올림픽 개인전 성적을 보면 잘 알 수 있어. 라지힐에서 1차 시기 때 122미터나 날아서 4위에 올랐는데 2차 시기 때 101미터로 떨어져 21위. 결국 13위로 끝났어. 노멀힐에서는 1차 시기 때 92미터를 날아 16위였는데 2차 시기에는 54.5미터밖에 못 날아서 56위, 종합 55위. 나 같은 사람은 그런 경향을 알고 있었으니 단체전에서 일본이 1위를 달리고 있어도 조금도 안심할 수 없었어. 하라다 선수의 실수 장면을 봤을 때도 '아, 역시 저질렀구나'라고 생각했어. 나중에 관계자에게 얘기를 들었더니 같은 인상을 받았대. 결국 일본 스키점프가 부활했다고 해도 여전히 완전하다고는 할 수 없었던 거지."

"완전해진 게 나가노 올림픽이라는 말이야?"

"그렇지. 그 상징이 후나키 가즈키라는 신예 선수가 대두했다는 점이야. 후나키의 등장으로 에이스인 게 당연시되던 가사이 선수가 단체전 멤버에서 탈락했잖아. 나는 내내 가사이 선수를 응원해왔으니 좀 서운했지만 비로소 대표팀이 강해진 거니까 기꺼이 상황을 받아들였어. 결국 가사이 선수도 올림픽 후 컨디션이 좋아져서 후나키 선수의 월드컵 종합 우승을 저지했으니 정말 아이러니한 일이지."

"오오. 드디어 이야기가 제자리를 찾아간 것 같네."

"찾아갔으니 계속하지. 나가노 올림픽의 활약으로 알 수 있듯이 일본 스키점프계는 세계를 이끄는 입장이 되었어. 그런데 올림픽 후에 말도 안 되는 룰 변경이 결정됐어. '신장 더하기 80센티미터까지' 였던 스키 플레이트의 길이를 '신장의 146퍼센트까지'로 변경한 거야. 계산해보면 알겠지만 이전과 같은 길이를 사용할 수 있는 건 신장 174센티미터 이상인 선수이고, 그보다 작으면 짧아지지. 단체전 금메달 멤버인 오카베 선수는 룰 변경 탓에 플레이트 길이가 중학교 시절로 돌아가버렸어."

"아이고! 그런 일이 있을 수 있어? 왜 그렇게 바꾼 거지?"

"유럽팀들의 명분은 '비행기에 비유하면, 기체 크기와 상관없이 동체와 날개의 비율이 동일해야 공평하다'였어. 변명이라고 생각해. 속내는 지나치게 강해진 일본에 대한 견제이지. 신장이 작은 선수가 많은 일본은 대부분의 선수가 플레이트를 짧게 할 수밖에 없었어. 거꾸로 키다리가 많은 유럽 선수들은 늘릴 수 있지. 말할 것도 없이 플레이트가 길수록 멀리 날 수 있고."

"그게 뭐야. 치사하네."

"그런 일은 다른 경기에도 많아. 노르딕복합에서 오기와라 겐지가 계속 이겼을 때도 점프보다 크로스컨트리 성적이 순위에 큰 영향을 미치도록 룰을 변경했어. 오기와라 선수는 점프에서 차이를 내서 도망가는 스타일이었으니까."

"항의는 안 했어?"

"해봤자 소용없어. 어차피 일본은 소수파이니까. 룰이 바뀐 이상, 그에 따른 기술을 연마하는 수밖에 없어. 그런데 여기서도 일본은 또한발 늦었어. 룰 변경이 어떤 영향을 미치는지 상황을 보는 동안 당연히 독일의 장신 선수가 활약하기 시작한 거야. 서둘러 대책을 세웠지만 묘안이 나오질 않았지. 겨우 떠올린 게 부력을 지키기 위한 체중 감량인데, 그 탓에 근력도 떨어졌지. 솔트레이크시티 올림픽에서는 단체전 순위가 5위까지 떨어졌어."

"일본을 상대로 한 룰 변경이 효과를 발휘했네."

"뭐 그렇지만 그것 때문만이라고는 할 수 없어. 폴란드의 아담 마위시 선수는 신장이 169센티미터밖에 안 되는데 몇 번이나 우승했어. 기술이 있으면 아직 얼마든지 이길 가능성이 있다는 말이지. 결국 일본의 대응이 늦었다고밖에 할 수 없지."

"어쩐지 기분이 거시기하네. 의욕이 사라지겠어."

"그리 초조해할 필요는 없어. 분명히 말해 일본 스키점프계는 나가노 올림픽 후 또다시 침체기에 들어가버렸어. 하지만 나쁜 일만 있는 건 아니야. 2005년 시즌부터 또 새로운 룰이 채용됐는데 일본에게 결코 불리하지 않아."

"응?"

"일본팀이 감량에 나섰다는 얘기는 했지? 유럽에서도 마찬가지 일을 했어. 장신에 마른 선수가 늘었지. 플레이트는 길고 부력은 잃지 않는다는 장점이 있거든. 하지만 그러면 선수의 건강상 문제가 생기지. 그래서 기준치보다 마른 선수는 패널티로 플레이트 길이를 줄이도록 만든 거야. 이에 따라 세력도가 또 크게 달라지는 분위기야."

"그러면 일본에도 기회가 온 건가?"

내가 말하자 아저씨는 음 하고 신음을 냈다.

"뭐야. 역시 아닌 거야?"

"세대교체가 잘 되어야지. 이토 다이키라는 신예도 있긴 하지만, 2005년 세계선수권에서도 여전히 가사이 노리아키에게 기대를 걸었어."

나는 의자에서 떨어질 뻔했다.

"가사이 노리아키? 아직 대표 선수야?"

"대표인 건 물론이고 아직도 에이스야."

"뭐라고?"

"정말 복잡해. 잘하길 바라지만 그가 토리노에 출전한다는 의미를 생각하면 스키점프라는 경기는 이 나라에서 사라질 것만 같아."

나는 대답하지 않고 바쁘게 일하는 모나미를 바라봤다. 그녀에게 이런 질문을 던지면 어떤 대답이 돌아올까.

만약 일본에서 스키점프 선수가 없어진다면 어떨까?

물론 그런 질문은 할 수 없었다. 어쩐지 대답이 예상됐기 때문이다. 아저씨에게조차 물어볼 수 없었다.

3

"자, 그러니까." 아저씨가 나를 보고 말했다. "출발하자."

"어디 가는데?" 내가 물었다.

"너 지금까지 나랑 무슨 얘기했는데? 이런 상황에 출발하자고 하면 자동으로 알아들어야지."

"아저씨, 진심으로 나한테 스키점프를 시킬 셈이야?"

"무슨 소리야. 당연히 진심이지. 자, 우물쭈물하지 말라고."

아저씨는 내 목덜미를 잡고 힘껏 잡아당긴다.

"아파, 아프다고! 이거 좀 놔! 언제까지 나를 고양이 취급할 거야!"

"그게 싫으면 유명한 점퍼가 되라고. 금메달을 따서 은혜를 갚으라니까."

"아저씨한테 갚을 은혜 같은 건 없다니까!"

몸부림을 쳤지만 억지로 차에 태워졌다. 수도고속도로를 달려 순식간에 중앙자동차도로로 향하기 시작한다.

아무래도 나가노 방면으로 가는 것 같았다. 나가노 올림픽에서 사용된 점프대가 하쿠바에 있다는 것쯤은 나도 안다.

그런데 자동차는 중앙자동차도로로 들어가지 않고 바로 앞인 조후에서 고속도로를 빠져나왔다.

"어라, 어디 가는 거야? 나가노에 가는 거 아냐?"

"누가 그런 델 간다고 했냐?"

"하지만 점프대가 있는 곳이 아니면 안 되잖아."

아저씨는 쯧쯧 혀를 차더니 검지를 와이퍼처럼 좌우로 흔들었다.

"이래서 풋내기는 안 된다니까. 너 말이야, 느닷없이 점프대에 올라 날 수 있을 것 같아? 우선 연습을 해야지."

"그야 그렇지만 이런 데서 고속도로를 빠져나와놓고 도대체 어디서 연습을 하는데?"

"물론 점프스포츠소년단이지. 일본의 유명한 점퍼는 하나같이 점프소년단 출신이야."

"뭐야. 소년탐정단 같은 그건?"

"점프스포츠소년단이라니까. 야구의 리틀리그 같은 거야. 가장 규모가 큰 삿포로점프스포츠소년단은 삿포로 올림픽 다음 해에 발족했어. 금·은·동메달을 독점한 직후였기 때문에 당시에는 입단 희망자가 쇄도했다고 해. 백이십 명이 넘은 적도 있었지. 거기 말고는 가사이 노리아키와 오카베 다카노부가 있던 시모카와점프스포츠소년단, 아키타 현의 가즈노 정도가 있지. 조금 전에 잠깐 조사해봤는데 도야마랑 기후에도 있다네. 그밖에 의외의 곳에도 있더라."

"흠, 소년 점퍼를 육성하는 체제를 갖추고 있군."

"그런데 문제는 단원이 없다는 거야. 삿포로소년단에 백이십 명 넘게 있었다고 했지만 지금은 두 자릿수를 확보하는 것도 어렵대. 그나마 열 명 이상인 곳은 삿포로뿐이라는군. 대부분 둘이나 셋 정도야."

"헤헤헤. 그러면 '단'이라는 이름을 붙이는 게 이상하잖아."

"맞아. 삿포로 올림픽 직후와 마찬가지로 나가노 올림픽 직후에는 입단 희망자가 늘었다고 해. 하지만 그 후로 칠 년이나 일본팀이 바닥을 헤매자 스키점프 인기도 떨어졌지."

"이런, 이런. 조금만 방심하면 인기가 뚝뚝 떨어지는구나."

"좋은 성적을 거둬야 매스컴이 주목하니까. 옛날에는 겨울이면 국내대회도 TV에서 중계했어. 하지만 지금은 거의 없지. 완전히 심심한 스포츠가 되어버렸어."

"심심한데 무섭기까지 하니 당연히 멀리할 수밖에 없지." 나는 그렇게 말하고 기지개를 켠 후에 창밖을 봤다. "소년단은 알겠는데 내 질문의 답은? 이런 데서 어떤 소년단에 갈 건데? 설마 고속도로 요금을 아끼려고 국도를 수백 킬로미터씩 달릴 심산은 아니겠지?"

"걱정 마. 곧 도착해."

아저씨 말대로 얼마 후 자동차가 멈췄다. 아주 평범한 시가지이다. 옆에 큰 단지가 있다. 하지만 점프대는 없다. 그야 그럴 테지.

조금 있으니 몸집이 작은 소년이 달려왔다. 트레이닝복 차림이다.

아저씨가 인사했다. 소년의 이름은 나이토 도모후미라고 했다. 몸집은 작지만 중학생인 모양이다.

"이 녀석은 내 집에 얹혀사는 유메키치야." 아저씨는 나를 이렇게 소개했다. "전에는 고양이였는데 사정이 있어서 지금은 이런 상태야."

"예?" 도모후미 군은 이상하다는 표정을 지었지만 곧 웃는 얼굴로 돌아왔다. "조후점프스포츠소년단에 잘 오셨어요."

"어?" 구부정하던 고양이 등이 곧게 펴질 정도로 몸이 뒤로 휘청했다. "도쿄에 점프소년단이?"

"내가 있다고 했잖아. 의외의 곳에 있다고." 아저씨가 씩 웃었다.

도모후미 군이 우리를 회의실로 안내했다. 형인 가즈히로와 형제의 부모님이 맞아주었다.

"시작은 나가노 올림픽 때였습니다." 아버지인 나이토 시게루 씨가 말했다.

"저는 스키점프를 좋아해서요. 어렵게 일본에서 동계 올림픽이 열렸는데 스키점프만은 꼭 보고 싶어서 아침 일찍부터 줄을 서서 티켓을 구했죠."

"왜 스키점프를 그렇게 좋아하세요?" 아저씨가 물었다.

"그거야 삿포로 올림픽 때문이죠. 가사야, 곤노, 아오치의 금 · 은 · 동 독점에 감동했지요. 정말 그때 분위기는 엄청났죠."

어라, 또 그 얘기야?

"아, 그러셨군요. 사실은 저도 그렇습니다." 당연히 아저씨가 눈을 반짝였다.

《조인계획》을 읽으면서 그러지 않을까 생각했습니다. 사실은 저, 히가시노 씨와 동갑이거든요."

"아, 그러세요? 이거 귀한 인연이네요. 맞아요. 저도 삿포로 올림픽에 정말 감동했지요."

이후 나이토 씨와 아저씨는 삿포로 올림픽 얘기에 열을 올렸다. 세상의 젊은이들에게 경고 하나 한다. 1950년대에 태어난 중년 남자 앞에서는 절대 삿포로 올림픽 얘기를 꺼내지 말 것.

잔뜩 흥분했다가 어느 정도 정신을 차리자 나이토 씨는 겨우 나가노 올림픽 이야기로 돌아왔다. 그에 따르면 가족이 다 함께 일본팀의 우승을 목격한 뒤, 당시 초등학교 삼학년이던 장남 가즈히로 군이 점프를 해보고 싶다고 생각하게 됐다고 한다. 그래서 우선 초중학생이 모인 여름 대회를 관전했는데, 그곳에서 알게 된 소년에게 삼학년부터 시작해도 늦지 않으니 자기가 사는 홋카이도의 시모카와 마을로 오라고 초대받았단다.

보통 그걸로 끝이지만 이 가족은 대단하게도 정말로 다음 겨울에 시모카와 마을에 갔다. 사전에 나이토 씨가 마을 교육위원회에 편지를 보내 스키점프 체험이 가능한지 문의했다고 하니 진심 100퍼센트이다. 참고로 나이토 씨는 학교 선생님이다. 그렇지 않았다면 교육위원회에 편지를 쓰겠다는 생각은 못 했겠지.

시모카와 마을에서 스키점프를 체험한 가즈히로 군과 도모후미 군은 그때 열린 대회에도 기어이 참여했다. 그 모습을 지방 TV방송국에서 다루기도 했는데 우리는 당시 영상을 보았다. 유치원생이던

토모히로 군이 나는 모습은 무척 귀여웠다.

그 후에도 두 사람은 일류 선수를 목표로 연습을 계속했다고 하는데…….

"하지만 도쿄에서 연습이 가능한가요?" 아저씨가 나도 느낀 의문점에 대해 물었다.

"고생스럽긴 하지만 실제 점프는 휴가를 이용해 니가타나 나가노까지 가서 합니다. 지금은 점프대가 여러 군데 있고, 여름 점프대도 많아서 비행 연습이 다른 소년단 아이들보다 극단적으로 적다고는 할 수 없습니다. 다른 소년단 합숙에 참가시키기도 합니다. 다만 집에서 하는 연습은 지금도 시행착오의 연속이죠."

"어떤 연습을 합니까? 이 녀석도 가능할까요?" 아저씨가 그렇게 말하고 나를 봤다.

"음. 어떨까요. 일단 한번 보세요."

우리는 나이토 씨의 뒤를 따랐다. 회의실을 나오자마자 있는 옆쪽 공원이 연습장이라고 한다.

건물 현관에서 공원으로 향하는 도중에 몇 미터짜리 완만한 슬로프가 보였다. 그 옆에는 바닥에 바퀴를 붙인 보드가 놓여 있다. 폭이 넓은 스케이트보드 같았다.

도모후미 군이 시범을 보였다. 우선 그 보드에 타서 스키점프 선수가 어프로치할 때의 자세를 취하는 것이다. 나이토 씨가 등을 밀자 보드가 천천히 미끄러지기 시작한다. 슬로프 끝에는 두꺼운 매트리스가 놓여 있다. 거의 끝에 도달하자 도모후미 군은 힘껏 점프해 매트리스 위로 몸을 던졌다.

"이거, 제가 만든 겁니다." 보드를 들고 나이토 씨가 말한다. 살짝 자랑스러워하는 것 같다. "모두 매트리스를 비롯한 폐품을 재활용한 겁니다."

"머리만 잘 쓰면 비싼 기구를 살 필요가 없군요." 아저씨가 고개를 끄덕이며 말했다. 자신도 폐품을 이용해 스노보드 연습 기구 같은 것을 만들었기 때문일 것이다. 솔직히 그다지 기술 향상에 도움이 된 것 같지는 않지만.

"요즘은 이웃분들도 이해하고 협력해주시지만 처음에는 이상한 눈으로 보셨죠. 저 가족은 도대체 공원에서 무슨 짓을 하는 거지, 하고 말입니다."

그야 그랬겠지, 하며 나는 내심 수긍했다.

아저씨와 나이토 씨가 얘기를 나누는 동안 나는 형제에게 말을 걸었다.

"저기, 점프가 재미있어? 무섭지는 않아?"

"처음에는 무서웠지만 지금은 기분이 좋아요. 잘만 날면 아주 기뻐요." 가즈히로 군이 말한다.

"장래 꿈이 뭐야?"

"국가 대표 선수요."

살짝 부끄러워하는 가즈히로 군의 대답을 들었는지 나이토 씨가 놀라며 이쪽을 봤다.

"어이, 진짜야? 국가 대표가 목표야?"

"목표야. 전부터 얘기했잖아."

"음. 좋지. 앞으로도 파이팅!"

나이토 씨는 진심은 아니라는 것 같은 태도를 취했지만 눈빛만은 기뻐 보였다.

가즈히로 군은 지금까지 자신의 스키가 없었는데, 시모카와점프소년단에서 보내줬다고 한다. 게다가 무려 나가노 올림픽 금메달팀의 오카베 다카노부 선수가 사용하던 것이라고.

"이걸로 비행이 더 즐거워졌어요." 그렇게 말하는 가즈히로 군의 눈빛이 반짝거렸다.

조후에서 돌아온 다음 날. 아저씨가 엉덩이를 걷어차는 바람에 잠에서 깨고 말았다.

"언제까지 퍼 자고 있을 거야! 자, 연습해야지."

"연습이라니 뭘? 으악, 아파! 목덜미는 잡지 말라고!"

아저씨에게 끌려간 곳은 맨션 바로 밖이다. 앞의 도로까지 긴 슬로프가 놓여 있다. 경사가 꽤 되고 게다가 구불구불하다. 바퀴 달린 수레까지 있는 걸 보고 안 좋은 예감이 들었다.

"자, 여기 타."

"타서 어쩌라고."

"어쨌든 타."

"잠깐만. 설마 타고 이 슬로프를 내려가라고?"

"바로 그 말이야. 얼른 타!" 아저씨는 다시 내 목덜미를 잡아 올리고는 갑자기 수레를 발로 찼다.

"으악!"

"허리 낮추고 자세 잡아. 어프로치 자세를 잡으라고. 앞을 봐!"

아저씨가 호통치고 있지만 그럴 처지가 아니었다. 폭주하는 수레는 여기저기 부딪히면서 차도를 향해 간다. 나는 견디지 못하고 뛰어내렸다.

"이런 바보! 더 앞에서 몸을 날려야지."

아저씨가 그렇게 얘기한 직후 수레는 크게 튕기더니 차도로 날았다. 지나가던 트럭이 급브레이크를 밟았다. 수레는 반대편 벽에 부딪혀 산산조각 났다.

"야 이 멍청이들아! 무슨 짓을 하는 거야!" 트럭 운전사가 호통을 쳤다.

아저씨가 서둘러 도망치는 걸 보고 나도 달리기 시작했다.

"아무래도 스키점프는 그만두는 게 낫겠어." 방으로 돌아와 아저씨가 말했다.

"지금부터 연습했다가는 올림픽에 언제 나갈지 모르겠다. 금방 가능할 걸 고르자."

"그리고 좀 더 안전한 걸로." 내가 말했다. "이거야 목숨이 몇 개라도 부족하겠어."

나는 동계 올림픽을 특집으로 다룬 잡지를 획획 넘겼다. 한 페이지에서 손이 멈췄다.

"이건 어때? 이거라면 안전하고 간단해 보이는데."

"뭔데?"

"컬링."

"쳇. 그거야?" 아저씨가 갑자기 얼굴을 찡그렸다. "그건 그만둬."

"왜?" 그렇게 말하는데 머릿속에서 탁 떠오르는 게 있었다. "하하하. 그 사고 때문이구나?"

"그건 아니거든!"

"하하하. 숨길 필요 없어. 안다고. 뼈아픈 일을 당했지?"

"그거 아니라고! 끈질기네."

"그럼 내가 컬링을 해도 괜찮잖아. 올림픽을 목표로 하는 건 나인데 내가 정하는 게 뭐가 나빠?"

"알았어. 그 대신 컬링장에는 혼자 가. 난 집이나 지킬 테니까."

"도망치는 거야?"

"아냐. 일이 바빠서 그래. 자, 결정했으면 빨리 채비해. 도쿄도컬링협회에는 내가 연락해놓을 테니까."

쫓겨나듯 집을 나왔다. 가는 곳은 신궁에 있는 스케이트장이다. 그곳에서 컬링 스쿨이 열리고 있다고 한다.

아저씨가 컬링을 멀리하는 데는 이유가 있다. 몇 년쯤 전에 용감하게 도전했다가 큰 부상을 당했다. 그 자리에 있던 사람 말로는 자기 혼자 얼음 위에서 굴렀다고 한다. 아저씨가 집에 왔을 때는 깜짝 놀랐다. 얼굴에 붕대를 감고 코가 이상할 정도로 부어 있었기 때문이다. 이야기를 들어보니 눈썹 위를 스물다섯 바늘이나 꿰맸다고 한다. 게다가 앞니가 뿌리부터 부러지고 코도 휘었으니 장난이 아니었다.

사흘 뒤에 영화 〈g@me.〉의 제작발표회가 있었기에 더 최악이었다. 아저씨는 꿰맨 부분을 테이프로 감췄지만 주연배우 후지키 나오토와 나카마 유키에 씨는 상당히 놀랐을 게 틀림없다. 그때 이야기는 에세이 《챌린지?》에 실렸으니 흥미 있는 분은 읽어보시길.

신궁에 있는 스케이트장에 갔더니 이미 컬링 교실이 시작되어 있었다. 도쿄도컬링협회 사무국장 구라모토 노리오 씨가 나를 맞아주었다.

"유메키치 군인가? 이야기는 들었네. 잘 부탁하네."

"전에는 우리 아저씨가 큰 폐를 끼쳤습니다."

"아니야. 폐랄 게 뭐 있나."

일찌감치 얼음 위에 서 보았다. 한쪽 발에만 바닥이 미끌미끌한 슬리퍼 같은 걸 붙인다. 묘한 느낌이다. 스톤을 밀 때에는 주저앉은 상태에서 한쪽 발로 버틴 채 슬리퍼 쪽 발을 미끄러뜨리면서 천천히 놓아야 한다. 간단해 보이지만 실제로 해보니 무지무지 어렵다. 대부분 스톤을 놓는 순간에 균형이 무너져 넘어져버린다. 스톤에 체중을 실어서는 안 된다.

"아저씨는 이걸 하다가 부상당한 건가요?"

"아니. 이때가 아니라 스위핑 연습을 하다가."

"스위핑요?"

"브러시를 사용해 얼음 표면을 닦는 거네."

"아아, TV에서 본 적 있어요. 경기중에 청소를 하나 생각했죠."

"사실 얼음 위에는 아주 작은 물방울이 흩어져 있네. 그게 굳어서

얼음 표면에 굴곡이 생기지. 스톤과 얼음 간의 마찰을 줄여 미끄러뜨리는 것인데 브러시로 바닥을 닦으면 굴곡이 없어져 더 잘 미끄러지지. 휘어지는 것을 줄일 수도 있어. 그래서 브러시 사용 방법에 따라 스톤의 코스와 속도를 조절 가능한 거지."

"청소가 아니었군요. 그런데 거기서 어떻게 그렇게 큰 부상을 당합니까?"

"미끄러졌는데 머리부터 떨어져서 그렇다네. 지금은 초보자 연습에서 스위핑을 뺐네."

스케이트장에서는 도쿄컬링클럽 사람들이 연습하고 있었다. 그 광경을 보고 구라모토 씨에게 물어봤다.

"컬링을 하는 사람이 이렇게 많을 줄은 몰랐습니다. 저 사람들은 어떻게 시작하게 된 건가요?"

"그야 다양한 이유가 있겠지만 나가노 올림픽 이후 입회자가 늘어난 건 사실이지. 자네는 왜 시작하려고 하지?"

"그건…… 솔직히 말하면 쉽게 올림픽에 출전할 수 있을 것 같아서요."

그러자 구라모토 씨가 크게 고개를 끄덕였다.

"그렇겠지. 입회 이유도 그게 압도적으로 많다네. 무엇보다 나도 그런 사람 중 한 명이지."

"예? 그래요?"

"아직 일본에서는 거의 알려지지 않았을 무렵 동료들과 시작했어. 이거라면 올림픽에 나갈 수 있겠다 싶어서. 그런데 용감하게 등록했을 때는 이미 선발이 다 끝난 후였어." 구라모토 씨는 그렇게 말하고 웃었다.

연습 후 클럽 사람들과 이야기를 나눴다. 다양한 사람이 있다. 대학생과 직장여성, 여고생까지 있었다.

들어보니 나가노 올림픽을 보고 '이거라면 나도 나갈 수 있겠다'라고 생각해 시작했단다. 올림픽에 나갈 수 있을지 모른다는 꿈을 꾸는 사람도 많았다.

도쿄대생인 A군은 클럽에서도 가장 열심인 사람으로, 겨울에는 팀 메이트와 합숙도 한다고 한다. 쉴 때도 차로 나가노까지 가서 실컷 연습한다는 것이다. 고민은 역시 금전적인 부분인데, 절약을 위해 차 안에서 자기도 한다. 이런 면은 스키나 스노보드를 타는 젊은이들과 같았다.

경기 인구에 대해 어떻게 생각하느냐고 물었더니 A군은 이렇게 대답했다.

"전국적으로 삼천 명 정도밖에 안 돼서 일이 년쯤 경기를 하다보면 대부분의 사람을 알게 돼요. 그것도 즐겁지만 너무 적어요."

"하지만 적은 만큼 올림픽에 나갈 가능성이 높아지는 거잖아요?"

"그야 그렇지만." 옆에서 직장여성인 B씨가 의견을 낸다. "수가 적기 때문에 우리 정도 수준으로도 이따금 올림픽 후보급 사람들과 시합하는 경우가 있어요. 그러면 실력 차이를 피부로 느껴요. 경기 인구가 적으니 쉽게 올림픽에 나갈 수 있을 것 같아 시작했지만 그런 생각은 아주 안이한 거죠."

"그럼 컬링 인구가 좀 더 늘어도 좋은가요? 늘면 그만큼 경쟁이 심해질 텐데요."

내가 묻자 모두 "물론이죠" 하고 대답했다.

여고생 C양은 이런 말을 했다.

"저는 컬링이 좀 더 보급되었으면 좋겠어요. 무엇보다 팀을 꾸리려면 네 명이 필요한데 친구에게 얘기해도 '컬링? 그게 뭐야?' 하며 반응이 없어요."

이야기를 들어보니 모두 컬링을 무척 사랑할 뿐만 아니라 경기 그 자체를 즐기고 있는 것 같았다. 그들을 이토록 열심스럽게 만드는 컬링의 매력은 무엇일까?

"팀 전원이 지혜를 모아 작전을 내고, 그 작전이 성공했을 때는 정말로 기쁩니다. 개인 경기에서는 맛볼 수 없는 거죠." A군의 팀메이트인 D군이 말했다. 다른 사람들도 수긍했다.

"저도 할 수 있을까요?"

내가 묻자 "당연하죠"라고 모두가 말해주었다.

다만 문제가 하나 있었다. C양이 말했듯이 팀 결성에는 네 명이 필요하다. 알고 지내는 고양이 두 마리에게 말을 걸어본다고 해도 나머지 한 자리는 어떻게 하나.

역시 아저씨밖에 없는데 그 인간을 설득하는 것은 어려울 듯하다. 음…….

4

멍하니 있는 사이에 토리노 올림픽이 시작되려고 하고 있다. 아저씨도 드디어 나를 올림픽에 출전시킨다는 건 바보 같은 꿈이었음을 깨닫고 포기한 것 같다.

"아니야. 아직 완전히 포기한 건 아니라고." 아저씨는 느닷없이 나타나 인왕상처럼 딱 버티고 서서 말했다. "이렇게 된 이상 현지에 가서 어떻게든 참가 기회를 노리는 수밖에."

나는 휘청했다.

"그런 게 가능할까?"

"영화 〈쿨 러닝〉을 보면 자메이카 선수들은 자기 썰매도 없이 캘거리에 가 그곳에서 바로 출전했다고."

"그건 영화잖아?"

"하지만 실화를 바탕으로 하고 있어. 그러고 보니 썰매는 아직 검토도 안 했네." 아저씨는 팔짱을 끼고 나를 내려다보았다. "봅슬레이, 루지, 스켈레톤이야. 좋았어. 너 그중 하나에 도전하는 거야."

아저씨의 번뜩이는 생각에 당연히 나는 비행기에 태워졌다. 도착한 곳은 또다시 삿포로다. 아저씨가 비스니스호텔로 들어간다.

"이런 데서 뭘 할 생각이야?" 내가 물었다.

"일단 경기에 대해 공부하는 게 급선무지. 전문가 얘기를 좀 들어보자."

호텔 로비에서 체격 좋은 남자가 기다리고 있었다. 명함에는 '홋카이도 봅슬레이·루지연맹'이라는 명칭이 인쇄되어 있다. 임원인 모양이다.

"이 녀석에게 썰매를 시키고 싶은데 가능할까요?" 아저씨가 나를 가리킨다.

임원은 나를 이리저리 살핀 후 고개를 끄덕였다.

"누구나 가능합니다. 썰매는 안전하고 즐거운 스포츠입니다."

"저기 말입니다. 봅슬레이와 루지가 있는데 앞으로는 스켈레톤도 추가될 예정이지요?"

"새롭게 추가되는 게 아니라 부활하는 겁니다. 원래 동계 올림픽 종목에 있었어요. 2회와 5회 올림픽에서는 정식 종목이었습니다. 루지는 1964년 9회 인스부르크 올림픽 때 정식 종목이 됐으니까 스켈레톤이 더 오래됐죠."

"오호, 그래요?" 아저씨는 의외라는 듯 말했다.

나 역시 놀랐다. 그토록 스릴 넘치는 스포츠가 그렇게 빨리 정식 종목이 되었을 줄이야. 옛날 사람들, 용감했구나.

"봅슬레이는 어떻습니까?" 아저씨가 묻는다.

"올림픽 종목으로서 역사는 가장 깁니다. 1회 올림픽 때부터 정식 종목이었으니까요. 다만 루지와 스켈레톤이 아이들의 단순한 썰매 놀이에서 시작된 데 비해 봅슬레이는 처음부터 레이스를 전제로 고 안됐습니다. 역사적 배경에는 미묘한 차이가 있습니다. 연맹도 옛날 에는 따로따로 있었는데 규모가 너무 작아져 지금은 합쳤습니다."

"역시 경기 인구가 적군요."

아저씨의 질문에 임원이 얼굴을 찌푸렸다.

"원래 썰매는 가볍고 편안하게 즐기는 스포츠입니다. 그런데 경기 로서의 성격이 뚜렷해지면서 입문이 어려운 스포츠가 되어버렸습니 다. 아이러니하게 말입니다."

"어려워졌다는 건?"

"봅슬레이는 자연 지형을 이용한 경기였습니다. 그런데 인공적인 코스를 달리게 되면서 완전히 달라졌습니다. 예를 들어, 코스의 표면 을 딱딱하게 얼리기 때문에 눈이라기보다 얼음입니다."

"빙상의 F1이라고들 하죠."

"단순히 강철로 만들던 썰매도 요즘은 강화플라스틱이나 카본을 사용하는 게 상식입니다. 공기저항을 줄이기 위한 썰매 모양에 대해 다양한 연구가 이어졌습니다. 한 대에 수백만 엔이나 하는 상황이라 도저히 누구나 쉽게 경험 가능한 스포츠라고는 할 수 없죠. 일본팀도 월드컵에 참전하고 있는데 운송비가 비싸서 유럽 대회용 썰매는 독

봅슬레이

스켈레톤

일에 맡겨놓고 있습니다. 아메리카 대륙에서 시합이 있으면 현지팀 썰매를 빌리기도 합니다."

"절실하네요." 아저씨가 신음소리를 낸다.

나는 〈쿨 러닝〉을 떠올렸다. 자메이카팀은 캘거리에 직접 들어가 다른 나라의 낡은 썰매를 빌렸다.

"설비 문제도 있습니다." 임원은 눈썹을 한껏 늘어뜨리고 말한다. "일단 연습장소가 없습니다. 일본뿐만 아니라 아시아 전체를 놓고 봐도 봅슬레이 코스는 나가노 스파이럴 한 곳뿐입니다. 루지 코스는 삿포로에도 있습니다만, 어떻게든 사수해야만 합니다."

이런, 그런 상황인가. 그럼 경기 인구를 늘리겠다는 생각도 어렵겠 구나.

"봅슬레이는 그렇다치고 아까도 말씀드렸다시피 루지는 원래 재미있는 썰매 놀이였습니다. 그래서 특별한 코스 같은 건 필요하지 않

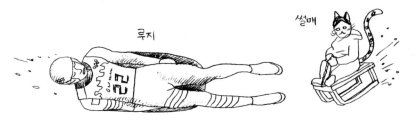

루지

썰매

았습니다. 자연스러운 경사면을 이용한 경기를 늘리려 노력하는 참입니다. 매스컴 관계자 대상 경기도 하고 있으니 꼭 참가해주세요."

"올림픽 출전도 꿈만은 아니겠네요." 아저씨가 확인한다.

"물론입니다. 경기 인구가 적기 때문에 다른 경기보다 빠른 길이라고 할 수 있죠."

한바탕 이야기가 끝난 후 아저씨는 커피값을 치르러 갔다. 나는 임원에게 슬쩍 물어보기로 했다.

"저기, 여러 스포츠 선수들에게 봅슬레이에 도전하게 해서 일본팀을 강하게 만들려 한다는 얘기를 들었는데요."

"그랬습니다. 육상이나 미식축구 선수가 겸업으로 하면 좋을 것 같아서."

"해머던지기의 무로후시 선수에게도 접촉했다고 들었는데요."

"오래전에 한 번 만난 적 있습니다. 무로후시 선수의 실력은 아주 뛰어났죠. 하지만 지금은 그야말로 진정한 금메달리스트이니까요."

"역시 봅슬레이나 루지는 그다지 인기가 없군요."

내 말에 임원은 슬픈 표정을 지었다.

"지명도 문제겠죠.〈쿨 러닝〉이 개봉되었을 때는 잠깐 인지도가 올랐지만 거기에서 아무것도 이어지지 않았습니다. 그래서 솔직히 매스컴에 기대하고 있습니다."

"매스컴요?"

"예를 들어 대스타인 기무라 다쿠야가 봅슬레이나 루지에 도전하는 드라마가 만들어진다면 인기가 급상승할 거라고 생각합니다. 기무라가 아이스하키를 하는 드라마가 있었죠? 그 영향으로 아이스하키를 시작한 사람이 급증했다고 합니다."

"하지만 드라마를 만들려면 우선 스토리가 필요합니다."

"그러니까 히가시노 선생님이 그런 얘기를 써주셨으면 합니다."

"하하하……."

본인에게 얘기해두겠다고 했다.

임원과 헤어진 후 나는 그 얘기를 아저씨에게 전했다. 아저씨는 떨떠름한 얼굴이었다.

"썰매 소설이라. 쓰는 거야 할 수 있지만 드라마 이전에, 책을 내겠다는 출판사가 있으려나."

그런 노골적인 얘기를…….

"그건 그렇고 어쨌든 썰매 경기는 올림픽 출전에 가장 빠른 길이니 일단 체험해보자고." 아저씨가 내 목덜미를 잡았다.

"아파! 아프다고. 잡지 말라고 했잖아! 어딜 가는데?"

"진짜 코스를 타봐야겠지만 그건 무리니까 유사한 체험을 할 수 있는 곳으로 가는 거야."

택시를 타고 도착한 곳은 오쿠라야마 점프대였다. 옆에 삿포로 윈터스포츠뮤지엄이라는 건물이 있었다. 아저씨는 그곳으로 들어간다.

안에는 다양한 동계 스포츠를 체험할 수 있는 설비를 갖추고 있었다. 스키점프 시뮬레이터 같은 것도 있었다. 스키점프는 일찌감치 단념했지만 여기까지 왔으니 한번 해보기로 했다.

특수 고글을 머리에 쓰면 눈앞에 가상 점프대가 나타난다. 관객의 응원이 들리고 실황중계 아나운서의 목소리도 들린다. 오호, 이거 굉장한데! 이런 생각을 하고 있는데 벌써 스타트이다. 엄청난 속도로 도약점이 다가오고, 상당히 늦게 점프. 공중을 나는 듯한 감각이 있다 싶더니, 착지점이 다가온다. 마지막에는 거의 고꾸라지다시피 골인 지점을 통과했다.

밖으로 나와 결과 발표를 기다렸는데 비거리는 달랑 70미터였다. 라지힐이니까 100미터를 넘는 게 당연하다.

"뭐야? 이 한심한 비거리는? 역시 너한테 스키점프는 무리구나."

"그렇게 말하는 아저씨도 90미터 정도였잖아!"

"나는 괜찮아. 올림픽을 목표로 하는 사람이 아니니까."

이어서 크로스컨트리와 바이애슬론 시뮬레이터에도 도전했다. 크로스컨트리는 어디 사는 초등학생에게도 졌고 바이애슬론의 사격은 하나도 맞지 않았다. 죄다 어렵기만 하다.

마지막으로 봅슬레이 시뮬레이터에 도전해봤다. 앞쪽에 화면이 있고 실제로 탈 때처럼 경치가 획획 지나간다. 타고 있는 썰매는 그에 맞춰 흔들리기까지 한다.

허술한 장난감이라고 생각했는데 실제로 해보니 박력이 이만저만이 아니다. 나도 모르게 도중에 도망치고 말았다.

"야 이 자식아! 시뮬레이터에서 도망치면 어떡하냐!"

"안 되겠어. 나한테는 무리야."

"왜?"

"멀미 나. 원래 고양이는 뭘 타는 데 약해."

"뭐야, 그게? 뭐 이렇게 쓸모가 없냐. 썰매도 안 되면 도대체 뭘 하겠다는 거야?"

"이제 됐어. 포기할 거야. 동계 올림픽 따위 어떻게 되든 상관없잖아. 어차피 인기도 없고."

내 한마디에 아저씨의 미간이 올라갔다.

"인기 없다고? 무슨 소릴 하는 거야. 너 신문도 안 읽어? 뉴스도 안 보냐? 토리노 일색이잖아."

"에이, 그런가. 내진 위장내진 설계 관련 데이터를 위조한 사기 사건과 호리에 다카후미벤처기업 라이브도어의 창업가 문제로 더 난리던데. 토리노는 그냥 양념 정도로만 다루고 있잖아."

"무슨 소리야. 안도 미키 얼굴을 TV에서 안 보는 날이 없는데."

"그건 그렇지. 방송국은 올림픽 방송에서 시청률이 안 나오면 곤란하니까 미리 시끌벅적하게 선전하는 거겠지. 사실 속으로는 이번 올림픽은 큰일이야, 라고 생각하고 있을걸."

"뭐? 큰일이라니 무슨 소리냐?"

"그러니까 말이야." 나는 주위를 살피고 작은 목소리로 말했다.

"메달을 거의 못 딸 거라 생각하는 거 아니야? 미국 스포츠정보지에서 일본의 메달 획득은 스피드스케이트의 가토 조지와 피겨스케이트의 아라카와 시즈카뿐일 거라고 예상했어. 그것도 둘 다 동메달일 거라고."

내 말에 아저씨가 화를 낼 거라 생각했는데 아픈 곳을 찔린 표정을 짓는다.

"미국의 예상은 그런가. 아픈 곳을 찌르고 들어오는군."

"뭐? 아저씨의 예상도 마찬가지야?"

"나는 좀 더 큰 꿈이 있어. 여자 스노보드 하프파이프 같은 종목도 희망이 있다고 생각해. 그리고 모글스키도."

"거기에서 메달을 한두 개 더 따봐야 다섯 개도 안 되는데 그래 가지고 분위기가 뜨겠어?"

"메달이 전부가 아니야. 이기지 못하더라도 감동을 주는 게 스포츠야."

"정말 그럴까. 결국 메달을 따느냐 못 따느냐 하는 문제이지. 이기지 못해도 감동을 주는 건 분명하지. 하지만 그건 주목받는다는 걸 전제로 할 때야. 관심 없어서 보지도 않는데 아무리 드라마틱한 사건이 일어난대도 일본인은 감동하지 않아. 애초에 어차피 모르는데 어쩌겠어."

"여전히 일본인은 토리노 올림픽에 관심이 없구나."

"적어도 아저씨가 기대하는 만큼은 아니야. 내가 아는 고양이들한테 물어봤지만 분위기가 뜨고 있다는 말은 전혀 못 들었어."

음, 하고 신음하던 아저씨는 노트북을 꺼냈다.

"뭘 하려고?"

"토리노 올림픽의 주목도를 조사해보려고. 아, 있다."

노트북 화면을 보는 아저씨의 얼굴이 점점 더 어두워진다.

"결과가 한심스러운가 보네."

"한 인터넷 리서치 회사의 조사 결과가 있어. 그에 따르면 토리노 올림픽에 주목하는 사람은 전체의 70퍼센트래."

"70퍼센트? 의외로 많네."

"아니. 그중 52퍼센트가 '약간 주목하고 있다'야. '매우 주목하고 있다'라는 사람은 18퍼센트밖에 안 돼. 연령별로 보면 십대가 59퍼센트, 이십대가 67퍼센트, 삼십대에서 사십대가 73퍼센트, 오십대가 75퍼센트. 연령이 올라갈수록 주목도가 높아. 거꾸로 얘기하면 젊은 세대는 거의 관심이 없다는 소리지. 결국 삿포로 올림픽과 나가노 올림픽을 경험한 게 영향을 주고 있는 거야. 십대는 나가노 올림픽도 기억하지 못하니까."

"월드컵 축구를 놓고 같은 조사를 하면 어떨까? 결과가 완전히 다르겠지?"

"축구계에서 일본의 위상은 예선을 통과하느냐 마느냐 정도인데도 일본 전체가 주목하지."

"그만큼 널리 알려져 있고 사랑받는 스포츠라는 소리잖아."

"맞아. 이제까지 취재한 결과를 종합하면 일단 동계 스포츠는 경기 자체의 지명도가 낮아. 아주 낮지. 컬링은 룰도 모르는 정도니까. 봅슬레이와 루지는 일반인이 볼 수 있는 기회조차 없어. 바이애슬론은 어떤 경기인지도 모르는 사람이 대부분이야. 동계 올림픽에는 그런 종목이 정말 많아. 같은 리서치 회사에서 조사한 결과 일반인이 주목하는 경기 1위는 피겨스케이트, 2위 스키점프, 3위 스피드스케이트라고 해. 뭐, 그 정도가 알기 쉽지." 거기까지 얘기한 아저씨는 갑자기 뭔가 깨달은 듯 눈을 크게 떴다.

"어이, 무지 중요한 종목을 잊고 있었어."

"뭔데?"

"알파인스키. 동계 올림픽의 꽃이야. 이거라면 주목하지 않을까?"

글쎄, 하며 나는 고개를 갸웃했다.

"알파인스키 같은 거 생각해본 적도 없는데."

"무슨 소리야. 지금 집필중인 《페이크》는 알파인스키 선수가 주인공이야. 이걸 잊고 있었다니. 아는 사람을 죄다 동원해 알파인 종목에 대한 주목도를 조사해보자."

아저씨는 그 자리에서 메일을 쓰기 시작했다. 내용은 다음과 같다.

'토리노 올림픽에 관한 긴급 조사입니다. 무엇이라도 좋으니 알파인스키에 대해 생각나는 것을 써주세요. 토리노 올림픽에서 기대하는 것에 관한 내용도 괜찮습니다.'

"자, 어떤 결과가 나올까?"

아저씨는 노트북 앞에서 팔짱을 끼었다.

도쿄에 돌아왔을 때에는 답장이 속속 도착하고 있었다. 아저씨는 회신을 하나씩 열어보기 시작한다. 하지만 점점 더 기가 죽는 게 옆에서도 훤히 보인다.

"기대하지 않던 결과인가 보네." 내가 물었다.

아저씨는 툭 하고 고개를 떨어뜨린다.

"상상…… 아니 각오한 것 이상이야."

"어떤데?"

"애당초 알파인스키가 어떤 건지 정확히 파악한 사람이 전혀 없어. 물론 깃발 사이를 통과하고 그 시간을 재는 경기라는 건 아는 듯해. 하지만 종목의 의미를 모른다는 의견이 아주 많아."

"종목의 의미?"

"슬라롬, 자이언트슬라롬, 슈퍼자이언트슬라롬, 다운힐, 복합이 있는데 각각의 차이를 잘 모르겠다는 거야. 보면 알겠지만 슬라롬과 다운힐, 두 종목의 차이가 분명치 않은 탓이야. 슈퍼자이언트슬라롬 코스 중에는 다운힐이라고 해도 이상할 게 없는 것도 있고."

"앗! 그건 나도 느꼈어. 스키를 타본 적 없는 사람은 코스 모양에 어떤 의미가 있는지 모르니 왜 그렇게 여러 가지 레이스를 하는지 이해할 수 없지. 스키 강국이 메달을 많이 따려고 레이스 가짓수를 늘린 것 같다니까."

"그런 의견도 있어."

"하계 올림픽의 육상 경기는 그런 의문이 안 생기지. 100미터 달리기와 200미터 달리기는 누가 봐도 다르니까."

"육상 경기와 비교하는 의견도 많아. 동계 올림픽에는 시간을 다투는 종목뿐이라 사람과 사람이 부딪치는 역동성이 없다고……."

"역동성……?"

"육상 경기도 시간을 다투지만 결국 운동회의 달리기 시합과 마찬가지야. 모두 출발선에서 달리기 시작해 먼저 들어오는 사람이 이기지. 시간은 그다음이야. 그런데 동계 종목은 스키든 스케이트든 대부분 선수가 각자 달리고 그 시간을 비교해 우승자를 결정하는 방식이거든. 이게 분위기를 띄우는 것과 관계 있다는 의견이 있어. 자 결전이다, 라는 긴박감이 없다는 거지. 음, 듣고 보니 그럴 수도 있겠어."

"확실히 인간 대 인간이라기보다, 적은 시계라는 느낌이지."

아저씨는 노트북 앞에서 크게 기지개를 켰다.

"결국 스키든 스케이트든 일반인에게는 생소한 스포츠라는 소리인가. 룰과 시스템은 어쩔 수 없다지만, 경기는 이해하기 어려운 데다 무엇을 놓고 싸우는지도 불분명하다는 소리인가. 그러면 오히려 관심을 갖는 게 어렵겠어. 보여주는 방식을 연구한다고 해도 인기가 없는 경기는 무슨 짓을 해도 안 된다는 거잖아. 하계 올림픽의 양궁도 TV에 적합하도록 룰을 바꿔 대전 경기가 됐지만 관객 반응은 똑같았어."

"그래도 양궁은 야마모토 선생의 활약으로 은메달을 따는 바람에 일본에서 주목도가 올랐어."

"메달을 못 따는 동계 경기에는 아무것도 기대할 수 없겠군."

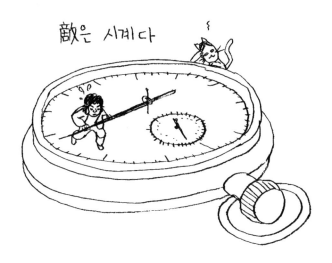

"갑자기 포기하는 분위기?"

"포기하는 게 아니고……."

아저씨는 TV를 켰다. 토리노 올림픽의 개회식이 시작되려는 참이다. 아나운서가 목소리를 높이고 있다. 마치 세기의 제전이 열리고 있는 것처럼. 하지만 그의 목소리를 사람들은 어떤 생각으로 듣고 있을까.

"일단 토리노에 가볼까……." 아저씨가 툭 내뱉었다.

5

2006년 2월 18일 새벽, 아저씨는 잔뜩 취해서 돌아왔다. 밤새 어디서 파티를 한 모양이다. 소설로 상을 받은 것 같은데 자세한 건 잘 모른다. 그 수상식이었다고 한다.

돌아온 아저씨는 물을 들이켜기 시작했다. 나를 보고 트림을 꺽 했다. 술 냄새가 심하게 나서 절로 뒷걸음질했다.

"으이구, 냄새!" 나는 코를 잡았다. "너무 늦은 거 아니야? 오늘이 어떤 날인지는 알아?"

"알아. 준비는 해놓았겠지." 아저씨는 현관으로 시선을 던진다. 수트케이스와 배낭이 놓여 있다.

"제시간에 맞출 수 있을까?"

"괜찮아. 7시 반에 데리러 올 거야."

시계를 봤더니 한 시간도 안 남았다.

"아…… 아무튼 즐거웠다." 아저씨는 소파에 누워 기분 나쁘게 웃었다. "모두에게 축복받고 칭찬받아 사실은 기분 좋았어. 헤어지는 게 아깝더라고. 젠장! 이런 일정만 없으면 좀 더 놀았을 텐데."

그 소리를 듣고 이번 스케줄이 있어서 진심으로 다행이라고 생각했다. 아마 함께 어울린 편집자들도 똑같은 마음 아니었을까. 그냥 놔두면 이삼 일은 연회를 계속했을 것이다.

"빨리 샤워하고 나와. 급해."

"시끄러워. 알고 있다고." 아저씨는 꾸물거렸다. "쳇! 왜 이런 타이밍에 출장이냐고! 고분샤도 참 눈치가 없어. 귀찮게. 가고 싶지 않아. 좀 더 사람들과 놀고 싶었는데."

"뭘 중얼대고 있는 거야. 얼른 움직여!" 나는 아저씨의 엉덩이를 걷어찼다.

우리가 가려는 곳은 이탈리아의 토리노이다. 말할 필요도 없지만 현재 동계 올림픽이 개최되고 있다. 동계 스포츠를 좋아하는 아저씨는 일본인에게 동계 올림픽이란 무엇인지에 무척 관심이 생겨서 그걸 알아내기 위해 현지로 들어갈 계획을 세웠다. 그런데 출발일이 앞서 말한 문학상 수상식 다음 날이 되는 바람에 요 며칠은 완전히 의욕이 없었다.

그러나 아저씨가 의욕을 잃은 이유는 그뿐만이 아니다. 올림픽이 개막한 2월 11일부터 일주일 동안 일본에는 낭보가 전혀 도착하지 않았던 것이다. 금메달 획득을 기대한 가토 조지는 압박감에 무너졌고, 메달 다수를 기대한 남자 스노보드 하프파이프도 예선 탈락이라는 처참한 성적표를 받아들었다. 모글스키의 우에무라 아이코 선수는 최선을 다했지만 도무지 알 수 없는 채점 기준 탓에 메달 획득에 미치지 못했다. 스피드스케이트 여자 팀추월은 준준결승에서 상대가 굴러주기까지 했는데 동메달 결정전에서 이번에는 일본이 넘어졌다. 이어서 여자 하프파이프의 이마이 메로까지 넘어졌으니, 지금까지 좋을 일이 하나도 없었다.

이번에는 일본이 고전할 거라고 아저씨도 예언했지만 이 정도일 줄은 생각하지 못했으리라. 그래서 출발을 코앞에 두고도 여전히 의욕이 생기지 않는 것이다.

그래도 샤워를 하고 나온 아저씨는 훨씬 후련한 표정이었다. 그 얼굴로 나를 보더니 눈을 동그랗게 떴다.

"너 뭐야? 그 차림은?"

"뭐가?"

"뭐가라니? 지금 뭘 입고 있느냐고."

"방한복이야. 저기 상자에 있던데."

"그건 나오키상 수상 기념으로 선물받은 거야. 네가 입으면 어떻게 해?"

"하지만 토리노는 춥단 말이야."

"춥고말고. 그래서 그런 옷을 취급하는 사람이 나한테 선물한 거라고! 얼른 벗어."

"그럼, 나는 뭘 입으면 되는데?"

"너, 원래 고양이잖아. 모피가 있을 거 아냐."

"지금은 없으니까 곤란한 거지. 게다가 원래 고양이는 추위에 약한 걸로 유명하다고."

"거 시끄럽네. 내 스노보드복을 빌려줄 테니 그거라도 입어."

"그 더러운 거?"

"싫으면 관둬."

그런 대화를 하는 동안 땡동 하고 인터폰이 울렸다. 사람이 온 모양이다. 어쩔 수 없이 나는 더러운 옷을 입기로 했다.

맨션 현관에 검은 복장을 한 인물이 서 있었다. 아저씨의 담당 편집자로, 성이 구로코黑衣라고 한다. 얼마나 복장에 충실한 이름인가.

"그 유명한 유메키치 군이신가요? 잘 부탁합니다." 겸손하고 아주 예의가 바르다.

"전에 얘기했지만 이 녀석은 원래 고양이야. 그래서 여권 같은 거 없는데 괜찮을까?"

아저씨는 무책임한 말을 했지만 구로코 군은 고개를 끄덕였다.

"고양이에게 여권이 필요하다는 말은 들어보지 못했습니다. 게다가 현실적으로는 있을 수 없는 일이고 소설이니까 괜찮겠죠."

"그렇겠지."

"예. 아무 문제없습니다. 자, 가시죠."

간단히 말이 정리돼버렸다. 뭐 이렇게 대충인 사람들이 있을까. 평소에도 늘 이런 식으로 "소설이니까 괜찮을 겁니다"라고 말하는 게 틀림없다.

안심한 탓인지 아저씨는 드르렁드르렁 코를 골며 자기 시작했다.

"피곤하신 모양입니다. 무리하지 않으셔야 할 텐데." 구로코 군이 말한다.

"죄송합니다. 틀림없이 여행중에도 큰 폐를 끼칠 것 같습니다."

"하하하. 괜찮습니다. 제게 다 맡겨주세요."

구로코 군은 듬직하게 가슴을 두드려 보였지만 오 분 후에 자기도 잠들었다. 그 역시 어젯밤 연회에 참석한 모양이다.

나리타 공항에 도착해 서둘러 수속을 마쳤다. 아저씨는 책방에 들러 문고본을 두 권 샀다. 미야베 미유키 씨의 《가모 저택 사건》과 오쿠다 히데오의 《최악》이다. 어이, 어이!

"왜 새삼 그 두 권인데?" 내가 물었다.

"열두 시간 이상 비행기를 타야 하잖아. 이 정도 두꺼운 책을 준비하지 않으면 불안해."

아저씨는 내 질문의 진의를 이해하지 못한 모양이다. 두 사람 다 오랫동안 친하게 지내온 작가인데 여태 읽지 않은 게 이상하다는 말이었다. 특히 오쿠다 작가는 종종 술집에서 만나지 않나. 지금껏 대표작도 읽지 않고 태평하게 대했다는 말인가.

아저씨는 배가 고프다며 레스토랑에서 차슈면을 먹기 시작했다. 구로코 군도 커피를 마시며 편안하게 앉아 있다. 비행기 출발시각은 10시 반이다. 그런데 지금은 10시. 이렇게 느긋해도 되는 걸까?

"이제 슬슬 가는 게 좋지 않을까?" 내가 말했다.

구로코 군이 시계를 보며 수긍한다.

"그러네요. 이제 가볼까요."

두 사람은 느긋하게 출발 게이트로 향했다. 나도 뒤를 따른다. 그런데 그곳에 긴 줄이 있었다. 젊은 사람들 모습이 눈에 띈다. 대학생들이 일찍 봄방학에 들어간 것 같다.

겨우 수하물 검사를 받는 데까지 왔는데 아저씨의 배낭이 걸렸다. 여성 검사관이 엄격한 눈빛으로 열어보라고 명령한다. 아저씨는 혀를 찼다.

"대단한 게 들어 있을 리 없어요. 이런 관계없는 것까지 일일이 검사하니까 입구가 혼잡하지."

중얼중얼 불평을 늘어놓는 아저씨에게 여성 검사관은 엄격한 얼굴 그대로 말했다. "칼입니다."

"예?"

"칼이 들어 있습니다."

아저씨는 낯빛을 바꾸고 배낭 주머니를 뒤지기 시작했다. 과연 접칼이 나왔다.

"젠장. 등산용 칼이다. 큰일이네. 친구한테 받은 건데."

아저씨는 한탄했지만 이미 늦은 일이다. 칼은 압수되었다. 그야 당연하지. 가위와 면도칼도 안 되는데. 온전한 흉기가 인정될 리 없지.

의외의 곳에서 시간을 허비한 통에 세관을 빠져나왔을 때는 10시 20분이었다. 루프트한자 간판을 든 여성이 초조한 얼굴로 두리번거리고 있다.

"서둘러주세요. 아직 탑승하지 않은 분은 손님들뿐이에요. 달려주

세요."

우와 하며 우리는 달리기 시작했다.

보딩브리지를 잽싸게 통과해 비행기에 올라탔다. 마흔이 넘어 보이는 루프트한자의 일본인 승무원이 우리를 기다리고 있었다. 아저씨가 티켓을 보여주자 자리까지 안내해주었다.

아이고 겨우 시간에 맞췄다, 하고 생각하고 있을 때였다. 저기, 하며 승무원이 조심스럽게 입을 열었다. "이번 일 축하드립니다."

엣? 아저씨는 당황한다.

"나오키상요. 정말로 잘됐습니다."

아, 고맙습니다, 하고 아저씨는 고개를 숙였다. 식은땀을 흘리고 있다.

자리에 앉자마자 아저씨는 후후후 하고 뭔가 기분 나쁜 웃음소리를 낸다.

"이런 데까지 이름이 알려지다니. 나도 유명하네."

"좋아할 때가 아닌 것 같은데. 저 승무원은 지각한 사람 중 하나가 아저씨라는 걸 알고 있다는 뜻이야. 앞으로는 지금까지처럼 적당히 살아선 안 된다는 소리지."

"내가 언제 적당히 살았다고 이래. 괜한 참견은 마."

아저씨는 도무지 자각을 못 하는 듯 아직 비행기가 이륙도 하지 않았는데 드르렁 코를 골기 시작했다. 보니까 안전벨트도 안 하고 있다. 이러면서 어떻게 적당히 살지 않는다고 단정할 수 있을까.

아저씨는 약 세 시간을 내리 잤다. 그 사이에 기내식도 나왔는데 한 번도 눈을 뜨지 않았다. 아까 그 승무원이 무슨 용무가 있는지 몇 번이나 살펴보러 왔지만 아저씨가 한심한 얼굴로 완전 숙면중이라 포기하고 돌아갔다.

눈을 뜬 아저씨는 하품을 성대하게 하고는 얼굴을 문질렀다.

"잘 잤다. 역시 비즈니스석이 좋군."

"구로코 군에게 감사해야지." 그는 이코노미석이다.

"괜찮아. 취재 여행이라는 명목 아래 회삿돈으로 올림픽을 보는 거잖아. 내가 감사 인사를 받아야지."

"이렇게 오만하면 사람들이 싫어한다. 게다가 이번 올림픽은 본다고 해서 그리 좋을 것도 없는데 뭐."

"메달을 못 따니까?"

"그렇지."

"음." 아저씨는 복잡한 표정을 짓는다. "우리가 가기 전에 하나라도 땄으면 좋겠는데 너무 안일했어. 스피드스케이트는 완전 오산이었어."

"하프파이프는?"

"이마이 메로에게 좀 실망했어. 하지만 남자 쪽은 메달은 절대로 무리라고 생각했어."

"아니, 그랬어?"

"존 화이트를 비롯한 미국 선수들이 출전한다는 걸 알았을 때부터 일본의 메달은 없다고 생각했어. 무엇보다 그들은 프로잖아. X게임 같은 데서 활약하는 모습을 나도 종종 TV로 봤어. 농구로 치면 NBA

같은 거야. 그런 사람들이 출전하면 아마추어인 일본 선수는 이름을 들이밀 구석이 없지. 전일본스키연맹의 스노보드 부장이 어떤 근거로 미국보다 일본이 힘이 있다고 했는지 이해가 안 가."

"스키점프의 하라다 마사히코 선수 일도 놀랐지?"

"응. 뭔가 해낼 것 같았는데 실격이라니. 게다가 200그램 체중 부족. 우유 하나 무게인데."

"스키점프는 룰 변경이 너무 잦고 복잡해서 이번 같은 일이 일어난다는 설이 있는데 어때?"

"실제로 잦고 복잡하지. 기술과 소재가 해마다 개량되니까 룰도 그에 따라가야만 해. 당연한 거야. 하라다 선수는 요즘 과열되고 있는 극심한 다이어트를 막기 위해 만들어진 룰에 걸린 거야. 부당하지도 않고 숫자 파악이 그리 어렵지도 않아. 그냥 실수한 거지. 변호해주고 싶지만 아무리 생각해도 본인이 잘못했어."

참, 인간, 냉정하다. 면식이 없는 것도 아닌데. 뭐, 그만큼 아저씨는 이번 올림픽에서 하라다 마사히코 선수가 어떤 점프를 보여줄지 기대한 거겠지.

"어쨌든." 아저씨는 주먹을 쥐었다. "이 몸이 직접 가니까 무슨 일이 분명 일어날 거야. 내가 운이 좋거든."

기염을 토하지만, 그만큼 운이 강한 건 아니지 않나? 상 하나 받는데 후보로 여섯 번이나 올라놓고.

아저씨가 일어났다는 걸 알아차렸는지 조금 전 승무원이 나타났다. 아저씨의 사인을 받고 싶은 모양이다. 최근 자주 보는 광경인데 내게는 불가사의하기만 하다. 이런 아저씨의 사인이 왜 필요할까. 글씨도 무지하게 못 쓰는데.

아저씨는 세 장의 엽서에 사인을 했고 승무원은 사뭇 기뻐했다. 흐음. 도무지 저 마음을 모르겠단 말이지.

프랑크푸르트에 도착했다. 프랑크푸르트 공항은 정말 넓다. 무빙워크를 아무리 갈아타도 원하는 탑승구에 도착할 수 없었다. 타고 또 타도 아직도 더 가라는 표시이다.

드디어 탑승구에 도착. 갈아탄 비행기는 아주 작다.

그 작은 비행기를 타고 한 시간, 마침내 토리노 공항에 도착했다.

"택시가 기다리고 있을 겁니다." 구로코 군이 말한다.

공항 로비로 나오자 수염을 아무렇게나 기른 둥근 얼굴에 체형도 둥근 남자가 다가왔다. 아무래도 택시 운전사인 모양이다. 엉터리이지만 영어도 한다. 파울로라고 이름을 밝혔다.

"끝내 오고 말았네. 이제 해외여행은 없을 줄 알았는데." 아저씨가 창밖을 보면서 말했다.

아저씨는 옛날에 결혼했다. 그때는 해외여행을 자주 갔다. 아내가 여행을 좋아했기 때문이다. 게다가 아내가 영어를 잘했다. 아저씨는 전혀 못 한다. 그 콤플렉스가 해외여행 알레르기가 되었다는 걸 나는 알고 있다. 이번 여행으로 알레르기가 개선되면 좋으련만.

차는 아스티라는 거리로 들어갔다. 그곳에 있는 호텔 살레라가 우리 숙소였다. 조용한 호텔이다. 낡았지만 느낌이 좋다.

체크인을 한 후 호텔 안에 있는 레스토랑에 들어갔다. 여기 또한

고즈넉하다. 몸집 작은 웨이터가 주문을 받으러 왔다. 하지만 그는 영어를 전혀 알아듣지 못했다. 이탈리아어로 뭐라고 일방적으로 떠든 후 영어로 쓰인 메뉴를 가지고 왔다.

영어 회화는 전혀 안 되지만 영문은 좋아하는 아저씨, 뚫어져라 메뉴를 읽은 후 문어와 감자 샐러드, 라비올리, 안심 스테이크를 주문한다. 모두 아저씨가 일본의 이탈리아 레스토랑에서 자주 주문하는 것들이다. 이런 데까지 와서 안전한 길만 찾는 걸 보면 소심한 인간이다.

뭐, 그렇게 말하는 나도 아저씨와 같은 걸 주문했지만.

한편 구로코 군은 영어가 통하지 않는 웨이터에게 보디랭귀지로 뭔가 주문했다. 뭘 주문했는지 물어봤다.

"참치요." 그가 대답했다. "생선이 먹고 싶어서요."

영어가 통하지 않는 웨이터가 추천 와인을 들고 왔다. 아저씨, 한 모금 마신 후 고개를 크게 끄덕인다.

"좋아. 적당히 깊이가 있고 적당히 달아. 이제부터 매일 이탈리아 와인을 마신다고 생각하니 행복하다."

절대로 와인의 맛 같은 거 모를 테지만 뒤에 한 말은 진심일 것이다. 와인을 좋아하니까.

요리가 나왔다. 아저씨, 일일이 평을 한다. 잔소리가 시끄럽다.

참치를 주문했다는 구로코 군 앞에 아무리 봐도 고기 요리로밖에 안 보이는 접시가 놓였다. 구로코 군, 고개를 갸웃거리며 먹는다.

"그거, 생선이야?" 아저씨가 묻는다.

"글쎄요." 구로코 군도 고개를 갸웃한다. "보기에는 아닌데요."

"먹은 느낌은?"

"생선 맛이 안 나요."

"고기 요리로 보이는데."

"고기예요. 그것도 꽤……." 구로코 군은 우울한 표정으로 중얼거렸다. "꽤 냄새가 많이 나요."

식사를 마쳤을 때 구로코 군은 조금 어두운 표정이 되어 있었다. 이탈리아어를 못 하면 앞으로 고생 좀 할 것 같았기 때문이다.

방으로 돌아온 뒤 아저씨는 이탈리아어 회화 책을 읽기 시작했다. 물론 오래 계속되지는 않았고 곧 취침. 나도 자기로 했다.

다음 날인 19일. 오늘은 기념할 만한 올림픽 첫 관전일. 종목은 컬링이다. 아저씨에게는 트라우마가 있는 종목이다.

아스티관광국의 마누엘라라는 여성이 호텔에 와서 앞으로의 스케줄에 대해 설명해주었다. 그녀는 일본어를 조금 할 줄 안다. 하지만 중간중간 알아들을 수 없었는데 그때마다 그녀는 "일본어를 못 해서 죄송해요"라고 사과했다. 아니, 통역을 준비하지 않은 우리가 죄송하지요.

마누엘라 씨가 차로 역까지 바래다주었다. 이탈리아 국내 전차를 모두 이용할 수 있는 패스를 준비했기 때문에 우리는 그것을 들고 역으로.

곧 전차가 왔다. 거의 시각표 그대로였다. 그런 일은 거의 없다고 한다. 십 분이나 십오 분은 아무렇지도 않게 늦는다. 삼십 분 이상 늦는 경우도 적지 않다는 얘기이다.

발을 들어 계단을 올라타듯 해야 하니 일찌감치 외국에 왔구나 하는 생각이 든다. 침대차 같은 방이 계속 이어지고 그 안에는 세 사람이 앉을 수 있는 의자가 마주 보는 식으로 배치되어 있다. 거기 좌석을 확보하려면 예약을 해야 한다고 한다. 방 입구에 종이를 붙여 어느 역부터 어느 역까지 예약됐는지 표시해두었다. 하지만 그걸로 예약자가 타지 않는 구간도 알 수 있기 때문에 얼굴 두꺼운 승객은 그자리를 빌린다.

우리는 통로에 있을 수밖에 없다. 하지만 통로에 접이식 의자가 붙어 있어 어쨌든 앉아 갈 수 있었다.

토리노 링고토라는 역에서 내린다. 피아트 공장이 있는 곳이다. 플랫폼에서 주위를 둘러보니 공터뿐이라 한산하다. 그런 가운데 역 바로 옆에 거대한 스케이트장이 있었다. 스피드스케이트 경기장이다.

"이런 데 스케이트장을 만들어서, 앞으로 어떻게 쓰려는 거지?" 아저씨가 혼자 중얼거린다.

"어떨까요. 동계 올림픽을 위해 만든 시설이 폐막 후에는 거의 쓰이지 않고 유지비만 엄청 들어 결국 철거하는 건 어느 개최지에서나 있는 일이니까요. 나가노 올림픽의 엠웨이브나가노 올림픽을 위해 건축한 스피드스케이트 경기장도 바람 앞의 등불이라고 들었습니다." 구로코 군이 냉정한 분석을 더해 설명했다.

그런데 컬링 경기장이 있는 피네롤로 올림피카 역에 가려면 여기

서 또 전차를 갈아타야만 한다. 그 전차는 새 거라 실내는 넓지만 선로가 좁다. 단선이기 때문에 모든 역에 정차한다. 승객이 거의 없는데도 조그만 역까지 모두 멈췄다 간다.

이름하야 피네롤로 올림피카 역이지만 솔직히 임시역, 그 이상도 이하도 아니다. 공중 화장실조차 없다. 바로 앞에 있는 컬링 경기장에 가는데 한참 멀리 돌아가야만 했다. 전용 통로를 개최 전에 미처 만들지 못한 것 같다.

"이 역, 올림픽이 끝나면 틀림없이 문 닫을 거야." 아저씨가 밉살스럽게 말한다.

컬링 경기장 입구에 도착하자 어쩐지 분위기가 어수선하다. 티켓뿐만 아니라 입장객의 소지품도 검사하고 있다. 공항의 수하물 검사 때와 비슷하게 금속탐지 게이트까지 준비되어 있다.

"뭐야? 왜 이렇게 엄격해?" 아저씨가 말한다.

"테러 때문이겠죠. 덴마크의 잡지에서 무하마드 풍자 만화를 실은 일 때문에 올림픽 중에 테러를 일으킬 우려가 있다고 이탈리아 총리가 말했답니다." 곧바로 구로코 군이 설명했다.

아저씨가 얼굴을 찌푸렸다.

"올림픽과 테러라. 원래는 전혀 다른 세계의 일인데 왠지 두 가지가 밀접하게 연결돼버렸어. 그러고 보니 스필버그도 〈뮌헨〉이라는 영화를 찍었지."

"정치와 스포츠를 떼어놓고 싶어요. 그렇지 않으면 선수들이 불쌍하잖아요."

"관전하는 사람도 불쌍하지."

검사를 무사히 마치고 드디어 경기장으로 들어간다. 하지만 들어가기 직전, 아저씨가 바로 앞에 설치된 임시 레스토랑을 발견했다. 우선 배부터 채워야 한다며 거기로 간다.

피자와 맥주로 간단한 식사를 하고 있는데 어떤 나라의 응원단처럼 보이는 집단이 들어온다. 어떤 나라인지는 금방 알았다. "USA! USA!"라고 연호를 시작했기 때문이다.

"오전에 남자 시합이 끝난 모양입니다." 구로코 군이 말했다. "저 모양으로 보건대, 아무래도 이겼나 보네요."

"상대는 어디였을까?"

"영국인 듯해요. 강한 상대이니 이번 승리가 클 겁니다."

"그래도 너무 시끄럽네. 완전히 자기네 나라인 줄 아나. 여기는 공공장소인데. 저 녀석들에게 사회의식을 가르칠 사람은 없는 건가."

일본어라 뭐라고 해도 알아들을 사람이 없다는 이유로 아저씨와 구로코 군은 미국 응원단 험담을 마구 쏟아내기 시작했다.

"미국인에게 화내는 건 내는 거고, 문제의 일본 여자팀은 어때?" 구로코 군에게도 물었다. "어떤 상황이에요?"

구로코 군이 재빨리 메모를 꺼낸다.

"현재 2승 4패입니다. 1차 리그를 돌파하려면 적어도 5승 4패는 돼야 합니다. 벼랑 끝에 서 있다고 할 수 있죠."

"1승 3패라고 했을 때는 이제 끝이구나 생각했어." 아저씨가 말했다. "그런데 캐나다를 이긴 게 컸지. 가능하면 스웨덴에게도 이기길

바랐지만 이전의 3패가 컸어. 이길 수 있는 시합이었거든. 처음 겨룬 러시아전이 그렇고 덴마크전도 실수만 안 했으면 이기는 건데. 여기다 싶을 때 스톤을 딱 멈췄으면 이기는 거였는데."

컬링에 트라우마가 있으면서도 아저씨는 꼼꼼하게 시합을 체크한 모양이다.

"하지만 스포츠에는 실수가 따르기 마련이잖아. 특히 컬링처럼 섬세한 경기에서는."

내 말에 아저씨의 눈꼬리가 살기등등하게 올라간다.

"올림픽에 나오는 선수는 중요할 때 실수를 하면 안 되지! 아마추어 주제에 아는 것처럼 떠들지 마!"

자기도 아마추어인 주제에.

"오늘 상대는 어디야?" 아저씨가 구로코 군에게 묻는다.

"영국입니다. 지난번 솔트레이크시티 올림픽에서 금메달을 땄습니다. 확실히 최고 강호죠."

"고전하겠군." 아저씨가 기운 빠진다는 표정을 지었다. "일본에서도 내가 본 경기는 다 지더라. 안 본 미국전은 연장에서 이겼는데."

"그럼 안 보고 돌아가는 게 어때?" 내가 말해봤다.

"그럴 수는 없지. 오늘 지면 1차 리그 돌파라는 꿈은 사라져. 그렇다고 해도 그 장면을 지켜봐야지."

이미 진 기분이다. 이런 인간이 응원한다고 팀 아오모리 여자 선수들이 기뻐할까.

여전히 미국인들이 소란을 피우는 가설 레스토랑을 뒤로하고 우리는 경기장으로 향했다.

컬링 경기장은 스케이트장과 비슷하다. 링크를 둘러싸듯 사방에 관중석이 설치되어 있다. 링크에는 네 곳에 컬링 시트가 배열되어 있다. 즉 동시에 네 경기가 진행된다는 뜻이다.

우리 자리는 가장 끝 시트에 해당하는 한 팀의 하우스 쪽이었다. 하지만 일본 대 영국의 경기가 펼쳐지는 곳은 두 번째 시트였다. 우리 눈앞 시트에서는 스위스 대 미국전이 치러지고 있었다. 자리 배정을 한 녀석의 배려 없음을 뼈저리게 느낀다. 가까운 데서 응원하면 훨씬 신날 텐데.

그런데 우리 바로 뒤에는 스위스 응원단이 자리를 잡았다.

"뭐야. 이 녀석들은 가까이서 응원할 수 있는 거야?" 아저씨가 제일 먼저 투덜대기 시작한다. "그럼 어째서 일본 응원단 자리를 일본이 경기하는 시트 옆에 두지 않는 거야. 이상하잖아."

유럽이나 미국인을 좋아하지 않는 아저씨는 심통을 부린다. 하지만 이번만큼은 맞는 소리다. 그냥 지나가는 길에 견학하듯 온 우리뿐만 아니라 일부러 응원을 하러 여기까지 온 도코로초_{컬링 대표 선수 중에}는 이 마을 출신이 많은 것으로 유명 응원단도 우리와 같은 자리다.

도코로초 응원단은 TV로 봤을 때와 마찬가지다. 컬링 스톤을 본뜬 모자를 쓴 사람, 크리스마스트리처럼 장식한 가발을 쓴 사람도 있다. 모두 뜨겁게 응원한다. 그 열기가 여기까지 전해진다.

어디선가 본 얼굴이 있다 싶었는데 전에는 노르딕복합 선수였고 지금은 스포츠캐스터로 활동하는 오기와라 쓰기하루였다. 그도 이상한 모자를 쓰고 카메라를 향해 있다. 동계 올림픽이야말로 자신의 존재감을 드러낼 수 있는 장소이기 때문에 필사적일지 모른다. 하지만 곧 돌아간 걸 보면 단순한 알리바이 공작일지도 모른다.

링크를 보니 일본 선수의 모습이 있었다. 메구로 선수와 하야시 선수다. 메구로 선수는 첫 경기에서 컨디션이 그냥 그랬고, 두 번째 경기인 미국전에서는 조금 조심하는 것 같았는데 오늘은 어떨까.

TV에서 들은 이야기지만 이곳 링크는 스톤이 아주 잘 미끄러지고 속도도 빠르다고 한다. 그래서 오노데라 선수처럼 중요한 장면에서 스톤을 딱 세우지 못하는 경우가 많다고 한다. 하지만 이제는 다들 익숙해질 때이다.

멍하니 그런 생각을 하고 있는데 응원단에 있던 한 여성이 우리에게 다가왔다.

"저기, 일본분이시죠? 괜찮으시면 이거."

그렇게 말하며 여성이 국기 두 장을 내밀었다. 응원 문구가 가득 적혀 있다.

국기를 받아든 아저씨는 구로코 군과 얼굴을 마주 본다.

"받았으니 흔들 수밖에 없잖아." 아저씨가 탐탁지 않은 얼굴로 말한다.

"일단 저희도 응원을 왔으니까요. 어떻게 될지 모르니까 사진이라도 찍어둘까요?"

"아, 맞다."

아저씨는 떨떠름한 표정 그대로 사진을 찍었다.

"조금만 더 의욕에 찬 표정을 지으면 어떨까." 내가 말했다.

"그렇게 말해봐야 나는 저기 응원단이 아니니까."

"하지만 일본인이잖아."

"하지만 이 응원 문구를 보라고. 국가를 응원한다기보다 마을을 응원하는 거야."

쓰인 내용은 확실히 아저씨의 말 그대로였다.

"어쩐지 이상하네. 이 소외감은 뭐지? 우리는 외부인인가?" 아저씨가 고개를 갸웃거린다.

"생각이 지나치신 거 같긴 하지만 녹아들 수 없는 분위기가 있긴 하네요." 구로코 군도 동조한다.

그런 이야기를 하는데 드디어 시합이 시작되었다.

일본은 후공. 후공은 점수를 따기 쉽다. 다만 1점이라도 따면 다음 엔드에는 상대가 후공이 된다. 득점이 쌍방 제로인 경우는 그대로 후공이다. 그러므로 후공인 경우에는 2점 이상을 노리거나 안 되겠다 싶으면 제로로 끝내는 게 이득이다. 이런 점은 이탈리아에 오기 전 TV를 보면서 확실히 공부해두었다.

제1엔드를 제로로 끝낸 일본, 이어진 제2엔드에서는 후공으로 2점을 획득한다. 그래서 선공이 된 제3엔드에서도 상대의 실수로 1점을 더한다. 제4엔드는 후공인 영국에 법칙대로 1점만 주었고, 제5엔드에서 3점을 따냈다. 실로 순조로운 시합 흐름이다. 이제까지의 시합에서는 스톤이 획 하고 지나가버리는 실수가 눈에 띄었는데 오늘은 그것도 없다.

"오늘은 상태가 좋아 보이네."

"그러네요. 도리어 상대팀인 영국은 실수가 많네요."

아저씨와 구로코 군이 그런 식으로 대화하고 있는데 갑자기 바로 앞에 앉은, 흰옷을 입은 초로의 남성이 돌아봤다.

"그렇지 않아요." 초로의 남성은 구로코 군을 노려보면서 말했다. "일본의 공세가 좋은 거요. 그래서 상대도 무리를 하다가 실수하는 거지."

"하하하. 그런 겁니까?" 구로코 군, 고개를 움츠리며 끄덕인다.

이 초로의 남성은 응원단에서도 높은 분인 듯하다. 구로코 군은 거스르지 않는 게 신상에 좋겠다고 판단한 모양이다.

초로의 남성은 우리 대화를 이따금 듣는 듯 구로코 군이 "컬링은 심판이 없나요?" 하고 아저씨에게 물었을 때도 대뜸 고개를 돌리고는 "골프와 마찬가지로 심판이 없소. 그래서 페어플레이 정신과 스포츠맨십이 요구되는 것이오" 하고 알려주었다.

그렇다 해도 네 개의 시합이 동시에 진행되니 각국 응원전도 정신이 없다. 처음에는 이탈리아 응원단이 시끄러웠다. 하지만 상대 캐나다에 제5엔드에서 이미 7대2로 크게 뒤지자 점점 기운을 잃었다.

대신 스위스 대 미국전의 양국 응원석이 성가셨다. 미국 측은 "USA! USA!" 대합창을 시작한다. 대전 상대인 스위스도 지지 않고 "HOT SWISS"를 외친다. 땡땡땡 종까지 쳐서 바로 앞에 앉은 우리에게는 너무 시끄러운 존재이다. 그 사이로 "일본 힘내라!"라는 구호가 끼어드는데 주위가 소란스러워 팀 아오모리 선수들에게 들릴지

심히 의문이다.

그건 그렇고 컬링 경기장은 생각보다 너무 춥다. 아저씨는 바지 위에 스키바지까지 입어놓고도 춥다고 난리다. 나도 결국 몸을 동그랗게 말았다.

제5엔드 종료 후 휴식 시간이 있었고, 드디어 후반이 시작되었다. 6대1이니까 편안하게 이기지 않을까 생각했다. 아저씨도 조금 들뜨기 시작했다.

그런데 제6엔드에서 갑자기 3점을 뺏겼다. 긴장감이 쑥 올라간다.

초로의 남성도 잠자코 있을 수 없는지 스킵컬링 팀의 주장 오노데라 선수가 세우는 작전에 이래라저래라 주문을 더한다.

"적이 저런 식으로 돌을 놓았으니 하나씩 깨뜨려려야 해. 아, 무슨 생각이야? 그런 데 놓으면 안 돼! 가드를 벗겨야 하는데. 무슨 짓을 하는 거야." 이런 느낌이다.

프로야구나 스모 경기의 TV중계를 보면서 해설하는 아저씨들을 종종 보는데 그와 비슷한 분위기이다.

그 후 일본과 영국은 1점씩 땄다. 그렇게 맞은 제9엔드, 스톤이 복잡하게 배치된 상황에서 오노데라 선수가 절묘한 샷을 선보여 일거에 3점을 땄다. 이걸로 10대5이다. 최종 엔드만 남았는데 한 번에 5점을 따는 일은 불가능하기 때문에 영국이 포기했다. 역전 불가능이 명백한 상황에서 게임을 계속하려는 건 신사적인 행위가 아니라고 한다. 상대에게 악수를 청하는 게 포기의 의사표시란다.

"TV로 볼 때는 지기만 하더니 토리노에 와 처음 본 경기에서 완승이라니 앞으로가 기대되네. 내가 행운을 가지고 왔나봐." 아저씨는 잔뜩 신나 있다.

경기장을 나오자 눈이 내리고 있다. 토리노에서는 두 주 만에 내린 눈이라고 한다. 아저씨가 눈구름까지 데리고 왔나. 게다가 수분 많은 눈이다. 입고 있던 옷이 순식간에 젖는다.

전차로 포르타누오바까지 나왔지만 눈은 그치지 않는다. 오히려 더 심해져 길에 쌓이기 시작한다. 일단 택시를 탔는데 구로코 군이 아무래도 난처한 모양이다.

"사실은 오늘 일요일이라." 그가 말한다. "이탈리아 음식점은 대개 쉽니다. 연 가게를 몇 곳 체크했지만 전부 찾아가기 힘든 곳이라서……."

정말 찾아가기 힘든지 택시 운전사도 길을 잘못 들었다. 적당한 데서 내린 다음 걸어가기로 했는데 눈길이라 무척 걷기 힘들다. 그리고 당연히 춥다.

헤맨 끝에 레스토랑을 찾아 들어간다. 아직 오후 7시가 안 되었기 때문에 드링크 타임이었다. 와인을 마시면서 치즈와 모둠스낵을 먹는다. 그러다가 식사시간이 되어 그대로 이어서 저녁식사를 했다.

여기도 메뉴는 난해하다. 아저씨는 지참해온 《손가락 회화》 책을 보며 얼마 안 되는 단서를 통해 리소토와 돼지고기 스테이크를 주문한다. "이거 정말 맛있다. 정답이었어!" 하며 아주 만족스러워한다.

구로코 군은 어림짐작 작전을 실행. 뭐가 나올까 생각했는데 거대한 간 튀김이었다. 딱 보기에도 맛없어 보인다. 반쯤 먹었을 때 이미 녹초가 되었다.

"내일부터는 히가시노 씨를 따라 무난한 작전으로 가겠습니다."

금방이라도 울 듯하다.

호텔로 돌아와 각자 방으로 흩어지며 헤어졌다.

아저씨는 방에 있던 와인을 따 플라스틱 컵으로 마시기 시작했다. 왠지 복잡한 표정을 짓기에 "왜 그래?" 하고 물었다.

"아니, 아까 도코로초 응원단 참 열심히 하더라."

"그야 당연하지. 우리 마을의 올림픽 선수가 활약하니까 당연히 기가 오르지."

"우리 마을이라……."

"왜, 뭐가 마음에 안 들어?"

"생각해봤는데, 컬링이라는 종목은 다른 팀스포츠와 달리 조금 특수한 면이 있어. 야구든 축구든 일본 대표를 국제대회에 보낼 때는 다양한 팀에서 우수한 선수를 선발하잖아. 그런데 컬링은 그렇지 않아. 국내대회에서 우승한 팀이 그대로 대표가 되지."

"그건 어쩔 수 없지. 아무리 우수한 선수를 모아놓아도 그 자리에서 조합한다고 강한 팀이 되는 게 아니니까. 컬링은 그만큼 섬세한 스포츠라는 거 아닐까."

"하지만 팀 아오모리 결성 에피소드를 조사해보면 결국 우수한 선수의 조합이야. 솔트레이크시티 올림픽에 출전한 도코로초 출신의 오노데라와 하야시가 연습장소를 찾아 아오모리로 건너갔고, 주니어에서 활약하던 메구로와 데라다를 영입한 거거든. 그리고 그해에 갑

자기 일본선수권에서 우승. 그리고 여기에 또 도코로초 출신의 모토하시가 가세해 결성한 지 일 년도 안 됐는데 토리노 출전권을 획득했어. 팀 아오모리는 우리 마을의 올림픽 선수인 정도가 아니라, 애초에 도코로초가 없었으면 컬링의 발전도 없었다는 말이야."

"그래서 뭐? 도코로초가 강한 게 싫어? 대체 무슨 말을 하고 싶은 거야?"

"그런 게 아니야. 도코로초는 국가가 해야 할 동계 스포츠 추진 활동의 중요한 부분을 대신하고 있다는 얘기야. 팀 아오모리는 스스로 우수한 선수를 모아 강해졌는데 사실은 좀 더 확립된 시스템이 있어야 되는 거 아냐? 시설도 만들지 않고 돈도 대주지 않고 선수 강화를 위한 시스템도 만들지 않고, 국가는 도대체 뭘 하고 있는 거야. 그런 한심한 상황 속에서 그녀들은 참 잘해온 거야."

와인병이 다 비었다. 얼큰하게 취한 아저씨의 설교는 그 뒤로도 한 시간 남짓 이어졌지만 쓸 만한 내용이 없어서 그만 적기로 한다.

20일은 스키점프 단체전을 관전하기로 되어 있다. 어제와 마찬가지로 피네롤로 올림피카 역까지 전차로 가서 그곳에서 셔틀버스로 갈아탄다.

"얼마나 타야 해?" 아저씨가 묻는다.

"아마 한 시간 반은 타야 할 겁니다."

"한 시간 반? 그렇게 오래 타나."

"어쨌든 토리노 시내에서 200킬로미터는 떨어져 있으니까요."

"그게 뭐야. 그러면서 무슨 토리노 올림픽이야. 도쿄에서 동계 올림픽을 한다고 해놓고 니가타까지 가게 만드는 거랑 똑같잖아."

아저씨는 엄청 씩씩댄다. 이런 식의 투덜거림을 나와 구로코 군은 이후로도 여러 번 들어야 했다.

한 시간 반이나 버스에서 흔들려야 한다면 미리 화장실을 다녀오는 게 낫겠다 싶었다. 다만 앞서 말한 바와 같이 피네롤로 올림피카 역은 임시역 같은 분위기라 제대로 된 공중 화장실이 없다. 그 대신 늘어서 있는 것이 파란 플라스틱으로 만든 간이 화장실이다. 들어가 보고 놀랐다. 물을 내려보내는 구조가 아니었던 것이다. 변기 밑에는 알루미늄 포일 같은 게 깔려 있다. 용변을 마친 후 변기 옆 레버를 누르면 그 포일 같은 것이 벨트 컨베이어처럼 조금씩 움직인다. 그런 식으로 오물을 탱크까지 옮긴다.

"심하네." 아저씨는 코를 잡고 화장실을 나왔다. "소변만 겨우 보겠어. 큰 거라도 보면 난리 나겠다."

"여자가 더 힘들겠어."

"나 참, 역의 간이 화장실이 이 정도면 경기장의 화장실은 어떨까. 흰하다."

드디어 버스를 탄다. 차 안은 아주 좁다. 등받이를 눕힐 수 있어서 앉으면 편하긴 하지만 앞좌석의 등받이가 바로 코앞에 있다.

"명함꽂이에 끼여 있는 기분이네요." 구로코 군이 기막힌 비유를 했다.

조금 달리니 설산이 눈에 들어왔다. 드디어 스키점프 경기를 본다는 게 실감 난다. 그런데 갑자기 버스가 멈췄다. 무슨 일인가 했는데 한 남자가 버스에서 내리는 게 보였다. 그 남자는 몇 미터 떨어진 곳에서 멈추더니 등을 돌리고 뭔가 부스럭부스럭한다.

나와 아저씨는 얼굴을 마주 보았다. 그 남자가 당당히 서서 소변을 보기 시작한 것이다. 도무지 참지 못해 버스기사에게 차를 세워달라고 한 모양이다. 어쩔 수 없는 일이긴 하지만 좀 더 안 보이는 곳으로 가서 하면 좋을 텐데.

돌아온 남성을 동료들이 박수로 맞아준다. 어떤 나라에든 바보는 존재한다.

그 뒤로도 또 한 번 소변 정차가 있었다. 그때는 세 남자가 나란히 서서 우리 쪽으로 엉덩이를 내밀고 방뇨를 했다. 설마 이탈리아까지 와서 이런 광경을 보게 되리라고는 생각도 하지 못했다.

이 셔틀버스에 '화장실 휴식'이라는 발상은 없는 건가? 보면 여성 손님도 적지 않다. 그녀들이 화장실에 가고 싶을 때는 어떻게 하지? 역의 간이 화장실부터 이런 종류의 배려 없음이 불만스럽다.

결과적으로 두 시간이 걸려 마침내 목적지에 도착. 그렇다고 해도 바로 옆에 점프대가 있는 게 아니라 거기서도 1킬로미터 정도 걸어야 했다.

"교통수단이 최악이야." 아저씨는 또 투덜댄다.

조금 걸었더니 통로를 차지한 가게들이 나타났다. 술과 간단히 먹을 수 있는 것들을 팔고 있는데 보통 시끌벅적한 게 아니다. 금메달을 본뜬 초콜릿도 있어 그제야 올림픽 경기장에 왔다는 사실이 실감

났다.

"이런 분위기를 기다렸지. 컬링 경기장에는 이런 공기가 전혀 없었다니까." 아저씨는 기분이 좋아졌다.

과자 같은 걸 파는 가게가 있었다. 아저씨는 예의 《손가락 회화》 책을 꺼낸다. 뭘 하려는 건가 생각했는데 점원 남자에게 '짜다'와 '맵다'라는 의미의 이탈리아 단어를 손가락으로 가리켜 보였다.

"술안주로 먹을 만한 걸 찾고 있는데 이 동네 과자는 죄다 달아."

아저씨의 의도를 알아차렸는지 점원은 두 종류의 과자를 추천했다. 먹어보니 정말 하나는 짜고 하나는 맵다. 정답이다.

더 걸어가니 와플 같은 걸 파는 가게가 있었다. 뚫어져라 보고 있으니까 한 여자가 시식용 와플을 주었다. 아주 맛있다. 그래서 아저씨는 생 햄을 끼운 와플을 주문한다. 구로코 군도 어제 선언대로 모험하지 않고 아저씨와 같은 것을 시킨다. 두 사람 다 맛있어했다.

그 가게에서는 뜨거운 와인도 팔고 있었다. 레드와인을 데운 것이다. 몸이 따뜻해질 것 같아서 그것도 주문한다. 그런데 한 모금을 마신 후 아저씨는 울상이 되었다.

"이게 뭐야? 어째서 맛이 이 모양이야!"

나도 한 모금 받아 먹었다. 우와, 달다. 미치도록 달다. 포도주스에 시럽을 대량으로 넣은 맛이다.

"바닥에 설탕이 깔려 있어요." 구로코 군, 컵 바닥을 보여주면서 얼굴을 찡그린다.

"이런 것만 먹으니까 이탈리아 사람 중에 뚱보가 많은 거야." 아저씨는 그런 말을 하면서도 다 마신다.

어쨌든 배도 채웠으니 점프대로 향한다. 컬링에 비해 확실히 일본인이 자주 눈에 띈다. 역시 일본인에게 스키점프는 특별한 경기라는 점을 다시금 인식했다.

도중에 간이 화장실을 발견. 구로코 군이 잠깐 실례하겠다며 간다. 옆에서 나타난 외국인 꼬마가 새치기를 하려 한다. 그런데 문을 열자 예의 알루미늄 포일 위에 엄청난 것이 남아 있다. 금발의 꼬마, "Oh NO!"를 외치며 도망간다. 쌤통이다.

아저씨가 걱정한 대로 화장실 사정은 좋지 않다. 앞으로도 사정은 빤할 것이다.

드디어 경기장에 도착. 라지힐과 노멀힐의 점프대가 늘어서 있는 광경은 압권이다.

컬링 때도 그랬지만 여기서도 경기장에 들어가기 전에 보안 검사를 받는다.

"이런 산속에 테러리스트가 오겠냐?" 아저씨는 투덜대면서 금속 탐지 게이트를 지나간다.

점프대 바로 옆에 관중석이 있다. 뒤쪽으로 올라가는데 철골 구조가 그대로 드러나 있어 건설중인 빌딩 같다. 대회가 끝나면 곧 철거하리라.

티켓에 인쇄된 좌석으로 가 보니 뒤쪽에 일본인 그룹이 있다. 왠지 그들은 간사이 사투리를 쓴다. 즉 선수들의 일가친지는 아니라는 소리다.

그렇다면 일가친지는 어디에 있을까 하고 주위를 둘러봤더니, '시모카와'라고 새긴 바람막이를 입은 단체가 눈에 들어왔다.

"저게 시모카와 마을 응원단이네." 아저씨가 말했다. "어쨌든 이번 대회에는 시모카와 출신 선수가 네 명이나 되니까."

"우와! 네 명이나!"

"오카베 다카노부, 가사이 노리아키, 이토 다이키, 이토 겐시로까지 네 명이야. 오늘 단체전에도 오카베, 가사이, 이토 다이키가 뛰니까 응원에 힘이 들어가는 것도 당연하지."

"조후에 있는 도쿄점프소년단의 나이토 씨 부자도 시모카와 마을에 신세를 졌다고 했잖아. 일본 스키점프계에 없어선 안 될 소중한 마을이네."

"그러니까 이런 상황은 그리 좋은 게 아니라고. 다른 마을도 힘을 내 절차탁마해야지. 물론 국가 원조가 필요하고."

아저씨가 또 자기 이론을 풀고 있는 동안 관중석은 각국 응원단으로 메워졌다. 새로 일본인 단체가 왔나 했더니 중국인이다. 어라, 중국도 출전하나. 그건 몰랐다.

마침내 시험 점프가 시작되었다. 각국 선수들이 속속 점프한다. 그 모습을 보고 있자니 응원단의 열기가 점점 더해간다. 통로에서 거대한 깃발을 흔들어 뒤에 앉은 관객들과 신경전을 벌이는 그룹도 있다.

우리 바로 뒤에 있던 간사이 그룹도 실제 점프를 직접 보고 흥분하기 시작했다.

"우와. 엄청 날아버리네."

"와, 저런 데서 날다니. 사람 맞나?"

내 생각만 그런지는 모르지만 간사이 사람들은 간사이를 떠나면 사투리가 더 심해지는 것 같다. 그러면 자기도 모르게 마음이 든든해지는 모양이다.

들리는 대화로 보건대 그들은 스키점프에 대해 아무것도 모른다. 단체전에서는 네 명이 뛴다거나, 점프 두 번의 합계 점수로 경쟁한다는 것조차 모르는 모양이었다. 이탈리아 여행을 왔다가 겸사겸사 보러 온 듯했다.

시합 개시가 가까워짐에 따라 해가 저물고 공기가 차가워진다. 전술한 바와 같이 건설중인 빌딩 위에 앉아 있는 형국이니 추위가 몸을 파고든다. 아저씨는 타이츠 위에 스키바지를 입었는데 그 위에 또 스노보드복 바지를 껴입었다. 그래도 추운지 일회용 손난로를 양쪽 무릎에 끼고 있다. 양말도 두 켤레나 겹쳐 신었다. 머리에는 스노보드용 니트 모자를 쓰고 거기에 스노보드용 복면까지. 완전히 괴한이 따로 없다.

"옛날에 삿포로에서 열린 월드컵을 보러 간 적이 있어." 아저씨는 떨면서 말한다. "대설에 엄청 추웠지. 그때 교훈으로 장비를 이만큼 챙겼는데, 그나마 낮 경기라 다행인 거였어. 밤에 이런 경기를 하는 건 바보 같은 짓이야."

그런 말을 하는 동안에도 선수들의 시험 점프는 계속되었다. 안개가 깔려 아래쪽에서는 도약 지점이 잘 보이지 않는다.

"큰일이네요. 경기가 중단되면 어떻게 하죠?" 구로코 군이 재수 없는 소리를 한다.

"이런 데까지 왔는데 이제 와서 경기가 중단되면 폭동이 일어날 거야." 아저씨의 표정이 험악해진다. 제일 먼저 폭동을 일으킬 기세이다.

개시 시각이 다가오자 이상한 댄서들이 등장해 특설 무대 같은 곳에서 춤을 추기 시작했다. DJ 같은 녀석의 모습이 대형 모니터에 나타난다. 반소매다.

"저 녀석, 왜 자기만 따뜻한 데 있는 거야! 추운 데 나와서 실황중계를 하라고. 그러지 않으면 제대로 된 상황을 모르잖아." 아저씨가 밉살스러워한다.

그러는 사이 경기가 시작되었다. 처음 등장한 건 중국과 한국 같은 아시아팀이다. 이 팀들은 스키점프에서 후발팀이다. 역시 비거리가 나오지 않았다.

"한국이 유니버시아드와 아시아 대회에서 금메달을 딴 적도 있지만 어차피 침체된 일본팀을 이긴 것뿐이야. 일본이 얼마나 못했는지 체감되는 부분이지." 아저씨는 고개를 떨어뜨린다.

그리고 드디어 일본 차례이다. 첫 주자는 이토 다이키.

"일본팀의 유리안틸라 코치는 올림픽 후에는 이토 중심으로 선수를 육성하겠다고 했어. 세대교체를 위한 비장의 카드인 거지. 그걸 증명할 수 있는 점프를 보여줘야 할 텐데."

아저씨의 말에 기대를 가지고 봤지만 이토 선수, 유감스럽게도 120미터를 조금 넘긴 곳에 착지. 아저씨와 나, 구로코 군 모두 한숨을 쉰다.

두 번째 이치노헤 선수의 점프도 마찬가지였다. 그에 비해 북유럽 팀은 강하다. 130미터 라인을 쉽게 넘는다. 그들이 점프할 때만 점프 대의 각도가 바뀌나 의심이 갈 정도였다.

베테랑인 가사이와 오카베 선수도 눈에 띄지 않는 점프를 해서 일본은 결국 전반전을 6위로 마쳤다.

"뭐, 이렇게 되었구나." 아저씨는 그다지 실망한 기색도 없이 일어난다.

"예상대로야?"

"기대보다 안 좋아. 가사이와 오카베가 조금 더 날 거라 생각했는데. 하지만 각오한 것만큼 나쁘지도 않았어. 무엇보다 나는 캘거리의 대참패, 꼴찌 하던 장면을 봤으니까."

"하지만 오늘도 메달은 무리겠지?"

"응. 무리일 거야."

"저는 북유럽팀들이 실패해주길 기대했는데요." 구로코 군이 실낱같은 가능성을 얘기한다.

"그건 안 될 거야. 설사 그런 일이 벌어진다고 해도 일본팀 등수가 세 계단이나 오르진 못할 거야."

축 처진 기분 그대로 관중석에서 밖으로 나와본다. 화장실로 향하는 긴 줄이 늘어서 있다.

"이런, 이런, 동계 올림픽은 화장실이 큰 문제군. 좀 더 여성 관객을 고려하지 않으면 점점 관객의 발길이 멀어지겠어."

오늘 아저씨는 화장실 얘기만 나오면 불평이 끊이질 않는다.

우리가 줄을 서 있는데 어느 나라의 젊은이가 새치기를 하려 했다. 아저씨는 이런 일에 민감하다. 예상대로 그 남자의 등을 두드린다. 남자가 돌아보자 아저씨는 노려보며 뒤쪽을 가리킨다. 복면한 남자에게 그런 일을 당하면 대개의 사람은 놀란다. 그 남자는 고개를 움츠리고 뒤로 이동했다. 아저씨는 그가 정말 맨 마지막에 서는지까지 확인한다.

"젠장. 나는 새치기당하는 게 제일 싫어. 일본인이라고 생각하고 쉽게 보지 말라고!"

"상대는 복면 때문에 어떤 나라 사람인지 모를걸."

"아니야. 저 녀석은 분명히 일본인이면 절대 뭐라고 하지 않으리라는 걸 알고 그런 거야. 틀림없어."

아저씨는 화가 단단히 났다. 무슨 콤플렉스라도 있나. 아무래도 그런 것 같다.

드디어 순서가 되어 화장실에 들어갔는데 여기 역시 더럽다. 그래도 물을 사용하는 화장실이었지만, 문제는 물이 거의 흐르지 않는다. 손 씻는 곳의 물탱크는 고장 나 있었다.

자리에 돌아오자 이미 두 번째 점프가 시작되고 있었다. 정말 전개가 빠르다고 생각했는데, 첫 번째 점프에서 8위 안에 들지 못한 팀은 후반전에 참여하지 못한다고 한다. 중국과 한국도 모습을 감췄다. 응원단도 돌아갔다.

그리고 일본은 어느새 순위가 내려가 있었다. 아무래도 이토 다이키 때 역전당한 모양이다.

게다가 이치노헤의 점프는 120미터에도 미치지 못했다. 격차가 더욱 벌어진다.

"이렇게 되면 가사이와 오카베에게 기대하는 수밖에 없군." 아저씨가 중얼거렸다. "두 사람 다 아마 이번이 마지막 올림픽일 거야. 후회가 남지 않도록 과감하게 점프했으면 좋겠어. 하라다처럼 마지막 올림픽에 회한만 남기는 일은 없도록."

아저씨의 바람이 통했는지 가사이 노리아키가 130미터를 넘기는 긴 점프에 성공했다. 시모카와 응원단, 드디어 활기를 되찾는다.

그래도 세 사람이 끝난 시점에서 여전히 7위이다.

"오카베, 부탁해! 오카베!"

아저씨와 구로코 군이 기도를 하는 가운데 오카베 다카노부 선수가 날았다. 오오, 이건 좋다. 일본인 최고 비거리이다. 기록은 132미터. 겨우 순위가 제자리를 찾았다.

"됐다! 이제 앞으로 뛸 선수들이 전부 넘어지면……."

구로코 군이 말도 안 되는 얘기를 한다. 그런 일은 역시 일어나지 않는다. 그러기는커녕 노르웨이의 예켈쇠위는 141미터라는 올림픽 최장 비거리의 슈퍼점프를 뛰었다. 오스트리아의 모르겐슈테른도 당당하게 140.5미터를 뛰었다.

아저씨가 웃음을 터뜨렸다.

"적이지만 훌륭하다. 이래선 이길 수가 없어."

결국 오스트리아, 핀란드, 노르웨이순이 되었다. 일본은 6위. "그래도 잘했어." 아저씨는 쓸쓸하게 말했다. "하지만 문제는 앞으로야. 정말 제대로 세대교체를 하지 않으면 다음 밴쿠버 올림픽 때는 두 번째 점프에 나가지도 못할 거야."

"나가노의 영광도 지금은 과거가 되었네요." 구로코 군도 실망한 모양이다.

"역시 나가노 이후에 룰이 개정된 탓이 큰가?" 내가 아저씨에게 물었다.

"침체의 계기가 되었지. 하지만 관계는 없어."

"왜?"

"오늘 시합 봤지? 건투한 건 가사이와 오카베, 두 베테랑 선수뿐이야. 그 둘은 룰 개정 전에도 에이스였어. 그런 선수들이 룰 개정 뒤에도 성과를 거뒀으니 다른 선수들이라고 못 할 것도 없지. 젊은 선수 둘이 그들과 비슷하게 날아줬다면 메달도 땄지." 아저씨는 아까운 모양이다.

나도 이제 새로운 룰 핑계는 대지 말아야겠다고 생각했다.

시상식을 볼 이유가 없기 때문에 일찌감치 셔틀버스로 돌아왔다. 도중에 엄청난 소리가 나서 돌아보니 점프대 옆에서 불꽃놀이를 하고 있었다. 그 아래에서는 화려한 시상식을 하고 있겠지.

셔틀버스 안에서 숙면했다. 아저씨는 지금에 와서는 무릎에 넣은 손난로가 못 견디게 뜨거운 모양이었다.

피네롤로 올림피카 역으로 돌아와 플랫폼에서 전차를 기다리고 있는데 바로 옆에 낯익은 아저씨가 있다. 어제 컬링 경기장에서 앞자리에 앉아 이런저런 해설을 해주던 사람이다. 잔뜩 기가 죽어 있다. 그런 그에게 일본인 남성이 말을 걸었다.

"유감이네요."

그는 "뭐, 어쩔 수 없죠" 하며 쓴웃음을 지었다.

주위에는 우는 사람도 있다. 그 사실을 아저씨와 구로코 군에게 알렸다.

"아하. 컬링이 졌나 보군." 아저씨가 고개를 끄덕인다. "오전에 이탈리아전에서 이겨 4승 4패였어. 남은 건 스위스전이었는데 안 된 모양이야."

"컬링도 졌다니." 구로코 군은 어깨를 늘어뜨렸다. "이번 올림픽, 언제쯤 좀 분위기를 탈까요?"

아저씨는 말이 없고, 나도 입을 닫았다.

피네롤로 올림피카에서 포르타누오바로 나왔다. 여기 화장실은 유료였다. 70센트나 받는다. 상당히 깨끗하겠구나 싶었는데 화장실에서 나온 아저씨가 길길이 날뛴다. 변기에 오물이 잔뜩 묻어 있다고 한다.

오늘은 화장실 때문에 화만 내는 아저씨다.

아무래도 기분이 축 처져서 호텔로 돌아와 와인으로 연회를 시작했다. 낮에 가게에서 산 과자가 안주다. 비행기에서 받은 레드와인도 포함해 세 병을 비웠다. 완전히 취해 취침.

21일. 오늘은 여자 피겨스케이트의 쇼트프로그램을 관전하는 날이다. 프리프로그램을 보고 싶었지만 티켓을 구할 수 없었다. 그래도 여자 피겨스케이트는 동계 올림픽에 관심이 적은 사람도 조금은 주목하는 경기이고, 이번 대회에서 일본이 메달을 기대할 수 있는 마지막 보루이다. 쇼트프로그램을 보는 것만으로도 다행이다.

우리는 숙취에 시달리는 머리를 부여잡고 아침식사를 하러 갔다. 이 호텔의 조식은 늘 똑같아서 크루아상 같은 빵 종류에 치즈, 생 햄, 과일이 전부이다. 요거트도 있다. 커피는 얼마든지 마실 수 있다.

자리에 앉아 아침을 먹으면서 "오늘은 어떨까?" 하고 아저씨가 구로코 군에게 묻는다.

"아라카와가 전부죠." 구로코 군, 바로 그 자리에서 답한다. "스구리는 메달권이 아니고 미키도 잘해야 8위 정도일 겁니다."

출발 전에 아저씨와 했던 이야기와 같다.

"오늘도 최소한 둘이 6위권 이내에 들었으면 좋겠는데." 아저씨가 말한다.

"그래요?"

"응. 그러면 프리프로그램 때 역전이 가능해. 상위 두 명은 웬만해선 실수를 안 할 테니 동메달을 노려볼 만해. 그쯤이면 약간 레벨이 떨어질 테니 메달을 의식하다가 프리프로그램에서 실수를 저지르는 선수도 있을 거야."

"그건 일본 선수도 마찬가지 아닌가?"

"물론 그렇지. 그러니까 일단 6위 안에 들지 않으면 기대도 할 수 없어."

"그렇구나."

이제까지 일본 선수의 안 좋은 결과만 봤기 때문에, 아저씨는 쇼트 프로그램이 끝난 시점에서 메달 가능성도 사라지는 것만은 피하고 싶은 모양이다. 프리프로그램은 내일모레이다. 나도 거기까지는 기대를 걸고 싶었다.

아침식사를 마친 후 아스티에서 전차를 타고 토리노 링고토 역으로. 그러나 경기가 열리는 파라벨라 경기장으로 가기에는 시간이 이르다. 역을 나와 경기장과는 반대 방향으로 걷기 시작한다. 오토갤러리라는 쇼핑센터가 있을 것이다. 거기서 잠깐 쇼핑을 하기로 했다.

사실 아저씨는 이번 여행에 중요한 물건을 잊고 왔다. 노트북은 챙겼는데 전원 어댑터를 두고 온 것이다. 어제까지는 충전된 배터리로 버텼는데 오늘은 위험하다.

오토갤러리는 금방 발견했다. 그런데 입구에 올림픽 스태프 점퍼를 입은 사람들이 어슬렁거리고 있다. 우리가 들어가려 하자 다른 문으로 가라고 한다. 아무래도 오토갤러리의 일부가 미디어센터로 사용되는 모양이다. 게다가 스피드스케이트 경기장으로 가는 스태프 전용 통로와도 연결되어 있는 것 같다.

그런 이유로 우리는 단순히 쇼핑센터에 들어가고 싶었을 뿐인데 하염없이 걸어야 했다. 이번 올림픽 관전에서 공통된 부분은 어딜 가든 일반 관객이 멀리 돌아가도록 강요받는다는 점이다. 비용 내는 사람을 어떻게 보는 거냐는 말이 절로 나온다. 물론 내가 내는 건 아니지만.

겨우 안으로 들어가 새턴이라는 전자제품 매장을 찾는다. 꽤 커서 찾는 물건이 있을 것 같다. 미인 점원이 있어 물어보니 이층에 있다고 해서 아저씨는 마음을 놓는다.

그런데 이층에 가서 다시 물으니 이게 웬일! 품절이란다.

"그게 그렇게 잘 팔리는 물건이야?" 아저씨는 뭔가 석연치 않은 표정이다.

"하하하. 그 녀석들 짓이에요. 미디어센터의 각국 언론사 사람들이 독점한 거죠." 구로코 군, 고개를 끄덕이며 말했다.

"그 녀석들이?" 아저씨는 눈살을 찌푸렸다. "젠장, 사람을 빙빙 돌게 하더니 어댑터까지 사재기를 해!"

아저씨는 포기하지 못하고 이리저리 어슬렁거리다 전시판매 중인 맥 어댑터를 발견하더니 그것만 사려고 한다. 여성 점원과 교섭해보지만 물론 거절당한다. 그야 당연하지.

어쩔 수 없이 슈퍼에서 쇼핑을 한다. 피겨스케이트 시합이 끝나면 밤이니까 호텔로 돌아가도 먹을 게 없다. 치즈나 스낵, 이탈리아의 진미를 산다. 이 인간들, 오늘 밤에도 술을 마실 생각이다.

쇼핑센터 안의 패스트푸드점인 듯한 레스토랑에서 즉석식품 같은 리소토와 고기 요리를 먹었다. 하지만 무척 맛있었다. 문득 옆을 보니 스피드스케이트에서 한때 활약했던, 빗쿠리돈키_{일본의 햄버그스테이크 레스토랑 체인} 소속의 오이카와 선수가 있었다. 4위도 엄청난 활약이지만 한 계단만 더 올랐으면 인생이 완전히 바뀌었을 텐데 하는 생각을 했다.

배를 채우고 나서 파라벨라 경기장으로 향한다. 그리 춥지 않아서 산책하기에 딱 좋다.

생각해보니 느긋하게 거리를 걷는 건 이곳에 와서 처음이다. 자세히 보니 역사가 느껴지는 품격 있는 거리였다.

반쯤 투명한 가게 간판이 많은 이유는 거리가 일방통행이기 때문일 것이다. 하지만 보행자는 일방통행이 아니기 때문에 반대편에서 걸어오면 간판의 글자가 모두 거울에 비친 듯 되어버린다. 그것도 그런대로 좋다.

길을 따라 다양한 소매점이 있다. 얼핏 보면 무슨 가게인지 알 수 없다. 이탈리아어를 모르는 탓도 있지만 진열 내용에도 문제가 있다. 어느 가게나 당연한 듯 올림픽 관련 상품과 깃발로 장식되어 있다. 몇몇 가게에서는 클래식 스키를 전시하고 있었다.

"이 지역과 클래식 스키가 무슨 관계가 있나요?" 구로코 군이 머리를 갸웃한다.

"아마 없을 거야." 아저씨가 깨끗하게 대답한다. "봐, 설산 같은 거 어디에도 없잖아. 이건 아마 올림픽 분위기를 내기 위해 급히 전시한 거겠지. 하지만 구둣가게나 화장품가게에서 왜 스키를 전시하는지 전혀 모르겠어."

"그러네. 이 마을도 나름 분위기를 띄우려 애쓰고 있는 거네."

마침내 파라벨라 경기장이 보이기 시작했다. 각국 관객들이 일제히 그곳으로 향하고 있다. 일본인도 여기저기 보인다. 스키점프 이상으로 주목받고 있으니 당연한가. 게다가 아마 선수의 일가친지 외의

121

일반 관객이 스키점프 때보다 더 많을 것이다.

스케이트화 모양으로 다듬은 거대한 나무가 있었다. 그 앞으로 지나가는데 일본의 텔레비전 방송팀인 게 틀림없는 남자들이 모여 있다.

무언가 찾는 듯 주위를 두리번거리고 있다가 우리를 보자 잰걸음으로 다가온다.

"저기, 일본분이세요?"

"그런데요." 아저씨가 무뚝뚝하게 대답한다.

"일본 선수에 대한 응원 코멘트를 부탁드립니다."

하하하. 이 남자, 아저씨가 어떤 사람인지 모르는 모양이다. 승무원에게 사인을 해주며 유명인이 되었다고 좋아하던 아저씨는 조금 상처받은 것 같았다.

아저씨, 무시하고 지나친다. 상대도 끈질기게 부탁하지 않는다.

"피겨스케이트에는 과연 취재진도 많네. 녀석들도 죽어라 응원 프로그램을 만들려고 노력하는 거지. 그런 데 이용당할 거 같아?" 아저씨가 밉살스럽게 말했다. 자신을 알아봐주지 않았다고 여간 화나는 게 아닌가 보다.

"저거, TBS였죠?" 구로코 군이 말했다.

"어? TBS? 정말?" 아저씨의 눈빛이 변했다.

"그런 것 같은데요. 로고를 봤어요."

"그래? TBS였나……" 아저씨는 생각에 잠긴다. "그렇다면 협력해줄 걸 그랬나?"

"왜요?"

"아니, TBS에서 〈백야행〉 드라마를 방송중이잖아. 응원 코멘트를 하는 척하면서 드라마 홍보를 하는 방법도 있잖아. 시청률, 조금 고전하고 있는 것 같던데."

그게 뭐냐!

"돌아가서 교섭해볼까요?" 구로코 군이 곤혹스러워하며 말한다.

"아니야, 됐어. 좀 쪽팔리잖아."

좀이 아니라 상당히 쪽팔리는 거지! 무슨 생각을 하는 거야! 그런 짓을 해봤자 피겨스케이트와 관계없는 부분은 잘라낼 텐데.

이번에도 엄격한 보안 검사를 받고 경기장으로 들어간다. 관중석은 미식축구 경기장을 연상시키는 사발 모양이다. 우리 자리는 계단을 올라 가장 윗자리. 졸다가 쓰러지면 그대로 굴러떨어질 것 같아 조금 무섭다. 그러나 전체를 둘러볼 수 있는, 생각에 따라서는 나쁘지 않은 자리다.

인기 종목인 만큼 응원 열기는 이제까지의 어떤 종목보다 뜨겁다. 커다란 일장기가 여기저기 보인다. 이 종목만큼은 일본도 마이너 국가가 아니라는 점을 실감해 괜히 뿌듯하다.

우리가 자리에 앉았을 때만 해도 빈자리가 많았는데 시합 개시가 가까워짐에 따라 자리가 거의 다 찼다. 티켓을 구하는 데 상당히 고생했겠구나 싶다. 유감스럽게도 프리프로그램 티켓은 구할 수 없었지만 어쩔 수 없구나 하고 포기했다.

그건 그렇고 스키점프 때도 생각했지만 외국인은 어쩜 저렇게 자리를 잘못 찾을까. 여기저기서 싸우고 있다.

"저기요. 거기 제 자리인 것 같은데요."

"어라? 그럼 내 자리는 어디지?"

"티켓을 봐요. 봐요, 틀렸잖아요. 당신 자리는 한 줄 앞이에요."

"하지만 거기에는 금발 아줌마가 앉아 있는데."

"이상하네. 잠깐, 아주머니, 티켓 좀 보여줘요. 봐요, 아줌마 자리는 한 줄 뒤예요. 어머? 그럼 내 자리가 없네. 내 자리는 어디지?"

이런 느낌으로 관객이 한 명 나타날 때마다 대이동이 벌어진다. 계단 번호와 의자 번호를 조합해야 하는데 어째서 그걸 저렇게 못하는지 알 수가 없다.

"이 녀석들은 바보야? 숫자 못 읽어?" 아저씨가 폭언을 퍼붓는다.

확실히 일본 극장이나 야구장에서는 이런 광경을 거의 본 적 없다. 일본인은 이런 일에 신중한지 모르겠다. 아니면 단순히 외국인이 대충대충일 수도 있다.

이러저러고 있는 사이에 경기 시각이 다가왔다. 출전 리스트에 따르면 일본의 세 선수는 후반에 등장한다. 대여섯 명이 한 그룹으로 경기를 펼치고, 그 사이사이에 정빙과 워밍업을 한다.

우선 첫 그룹이 나왔다. 미국 응원단이 소리를 지르기 시작한 건 두 번째 선수로 전미선수권 2위 키미 마이스너가 나오기 때문이다.

그런데 그 마이스너가 느닷없이 고득점을 따냈다. 프로그램 어쩌고 하는 점수가 아주 높다. 마이스너 개인 최고점이라고 한다. 기술적인 부분은 우리도 잘 모른다. 다만 나도 아는 건 관중석의 흥분이

Kimmie
Meissner

Miki
Ando

Irina
Eduardovna
Slutskaya

장난 아니라는 점이다. 두말할 것도 없이 그 중심이 되는 건 미국인이다. 여기서도 당연히 "USA! USA!"를 연호하고 있다.

"객석 환호에 심사위원들이 현혹되지 않을까." 아저씨도 나와 똑같이 느끼나 보다.

그 후 차례로 선수가 나왔다. 큰 실수를 한 경우는 알겠는데, 실수가 없을 경우 연기의 우열은 우리가 전혀 모르는 분야이다. 잘했네, 라고 생각했는데 앞서 얘기한 프로그램 점수라는 게 아주 낮다. 그 결과 마이스너의 이름이 계속 제일 위에 있다.

선수의 기량은 다양하다. 그중에는 아무래도 프리프로그램까지는 진출 못 하겠구나 싶은 선수도 있다. 그런 선수가 실수를 하면 국가와 상관없이 관객은 격려의 박수를 보낸다. 표시된 점수가 좀 낮으면 야유 소리를 내준다. 이런 점은 참 따뜻하구나, 하는 생각을 했다.

"아니, 그건 뭐랄까?" 그런데 아저씨는 고개를 갸웃했다. "박수 치는 것도 낮은 점수에 항의해주는 것도 높은 자리에서 느긋한 심정으로 보기 때문이야. 마이스너를 위협할 선수가 등장했을 때도 미국 관객이 그런 따뜻한 행동을 할 것 같진 않은데. 마음속으로는 실수하라고 빌걸."

"진짜 뒤틀린 사람이라니까."

"나는 진심에 대해 얘기하는 거야."

세 번째 그룹이 워밍업을 시작했다. 그중에 안도 미키가 있다. 미키의 의상은 검은색 위주라서 상당히 차분하다. 아저씨와 구로코 군은 쌍안경을 들고 필사적으로 좇는다.

"음."

"왜 그래?" 내가 물었다.

"아니, 마른 선수가 많은데 미키는 확실히 육감적이구나. 당연히 인기가 있겠어. 피겨스케이트 선수의 체형이 아니야."

음, 아저씨로서는 칭찬으로 한 얘기겠지만 선수한테는 좋은 말이 아닌 거 아닐까.

그런 말을 하고 있는데 세 번째 그룹의 연기가 시작되었다. 그리고 우리의 미키가 등장했다. 두근거리는 마음으로 경기를 본다.

"넘어지지만 마라." 아저씨가 가슴 앞에 손을 모은다.

기도하듯 보고 있는 가운데 미키가 콤비네이션 점프에 도전한다. 그런데 두 번째 점프에서 착지하면서 균형을 잃었다. 깜짝 놀랐지만 다행히 바닥에 살짝 손을 짚는 정도로 끝났다. 후 하고 한숨을 쉬었다. 감점은 확실하다.

그래도 미키는 속도를 떨어뜨리지 않고 거침없이 연기를 계속했다. 묶지 않은 머리가 바람에 펄럭인다. 종반의 스파이럴에서 지나치게 힘을 주는 바람에 관중석과 너무 가까워져 손을 부딪히는 사고가 있긴 했지만 즐겁게 연기하는 분위기만은 끝까지 사라지지 않았다.

두 번의 실수 탓에 1위인 마이스너를 앞지르지 못해 우리는 조금 낙담했다.

"뭐 어쩔 수 없지. 우리 예상에도 미키는 세 번째였으니까. 나머지 둘에게 기대하자." 아저씨가 분위기를 바꾼다.

다음 그룹에 아라카와 시즈카가 나왔다. 그러나 그 전에 세계챔피

127

언 이리나 슬루츠카야의 연기를 봐야만 했다.

워밍업을 보건대 아라카와는 매우 차분했다. Y자 밸런스를 해보였는데 장신인 그녀가 하니까 매우 우아하고 품격 있어 보인다.

자, 이제 진짜 시합이다. 바지 차림으로 나온 슬루츠카야, 역시 잘한다. 아마추어가 봐도 속도와 점프의 안정감이 전해진다. 스핀도 대단하다. 엄청난 포즈를 취하고 빙빙 돈다.

연기가 끝나자 경기장이 떠나갈 듯한 박수가 터져 나왔다. 러시아 응원단뿐만 아니라 미국인도 이탈리아인도 박수를 치고 있다. 아저씨도 감탄한 얼굴로 박수를 친다.

당연하지만 고득점이 나와 드디어 마이스너 위로 이름이 생긴다.

"굉장하네요. 이보다 잘하긴 힘들겠어요." 구로코 군이 일찌감치 백기를 들었다.

두 사람을 뒤로하고 드디어 아라카와 시즈카가 등장했다. 해외 미디어의 예상에서도 아라카와가 메달을 딴다고 되어 있다. 그 예상만은 빗나가지 않기를.

〈환상즉흥곡〉이 흐르는 가운데 천천히 얼음을 타기 시작한다. 시작하자마자 도전하는 콤비네이션 점프에 모두 숨을 참는다. 부디 실수하지 않게 해주세요. 3회전, 2회전 점프가 깨끗하게 끝나 가슴을 쓸어내린다.

그 후에도 눈에 띄는 실수는 없었다. 워밍업에서도 보여준 Y자 밸런스 역시 아주 멋졌다. 다리를 지탱하던 손을 떼고도 한동안 그대로 얼음 위를 미끄러지는 모습이 아름답다. 비엘만 스핀머리 뒤로 한쪽 다리를

아라카와 시즈카

들어올려 스케이트 날을 잡은 채 회전하는 기술도 **완벽하게 끝냈다.**

관객의 박수도 슬루츠카야에 지지 않았다. 물끄러미 전광판을 노려보고 있는데 불과 0.68점 차이로 2위가 되었다.

"아깝지만 그래도 대단했어." 아저씨가 흥분해서 말했다. "이런 점수 차는 없는 거나 마찬가지야."

최종 그룹이 나왔다. 자, 이제는 스구리의 연기를 기다리는 일만 남았다. 하지만 이 그룹에는 강적이 두 명이나 있다. 세계선수권 2위의 미국 선수 사샤 코헨과 3위의 이탈리아 선수 카롤리나 코스트네르가 그들이다.

스구리가 먼저 나온다. 구로코 군은 그녀가 감격해서 울 것 같은 표정을 짓는 게 싫다고 한다.

"왜? 그게 좋지 않아?" 아저씨가 변호한다. "하나의 스타일이야. 그런 걸 좋아하는 심판도 있다고."

"아하. 그렇습니까?" 웬만해선 아저씨를 거스르지 않던 구로코 군이 이 점에 대해서만은 석연치 않은 대답을 한다.

자, 스구리다. 아마추어 눈에는 실수가 없었던 걸로 보였다. 스텝이 안정되고 화려해 보기에도 즐거웠다. 아저씨가 말한 '우는 스타일'도 당연히 마지막에 등장했다.

결과는 슬루츠카야, 아라카와에 이어 3위였다. 정말 잘 끝냈다.

우리는 스구리의 고득점에 기분이 좋아졌지만, 채점 결과 발표 전부터 경기장 안에는 이상할 정도로 열기가 가득했다. 다음 연기자인 이탈리아의 코스트네르가 빙상에 나타났기 때문이다. 시간을 단축하려면 어쩔 수 없다지만 정말 기운 빠지는 연출이다.

이상하다 싶을 정도의 열기 속에서 코스트네르가 연기를 시작한다. 본인으로서는 상당한 압박감이 되리라 생각했는데, 아니나 다를까 첫 번째 콤비네이션 점프에서 넘어지고 말았다.

비명 같은 소리가 경기장을 뒤덮었다. 바로 앞에 앉아 있던 아줌마가 이 세상이 끝난 것처럼 고개를 돌리고는 나머지 연기는 보려고도 하지 않는다. 엄청난 쇼크였던 모양이다.

코스트네르는 마지막까지 최선을 다해 연기해 갈채를 받았지만 표정이 상당히 딱딱하다. 점수도 안 좋아 그 시점에서 10위로 떨어졌다. 이래서는 메달 획득은 절망적이다.

한숨이 가득한 가운데 드디어 미국의 코헨이 등장했다. 코스트네르에게 동정의 박수를 보낸 미국 응원단, 언제까지 그러고 있을 수는 없을 터, 곧바로 코헨 응원에 열을 올린다.

코헨은 키가 작고 말랐다. 워밍업 때에는 스구리와 착각할 정도였다. 그 작은 몸으로 날고 돌고 춤추니 정말 눈을 뗄 수 없다. 약동적이라는 점에서는 전 선수 중 최고라는 인상을 받았다. 마지막 스핀에서는 장내에 박수가 태풍처럼 몰아쳤다.

"정말 굉장하네요." 구로코 군도 흥분해 박수를 친다.

"음. 이 녀석은 강적이다. 이기지 않을까?"

엄청난 점수가 나올 거라고 우리는 각오했다. 마침내 득점이 표시된다. 예상대로 1위로 뛰어올라 미국 응원단에서 환희의 목소리가 터져나왔다.

"하지만 차이가 많이 나진 않아." 아저씨가 침착하게 말했다.

과연 1위라고 해도 2위 슬루츠카야와는 불과 0.03점 차이다. 아라카와와도 0.71점밖에 차이 나지 않는다.

"이거 아주 큰일 났어. 어떻게 될지 아무도 몰라."

"일본이 3위와 4위라는 건, 히가시노 씨가 말씀하신 메달 획득 조건을 충족시킵니다."

"응. 드디어 본격적으로 메달이 보이는 느낌이야."

예상 외의 좋은 결과에 만족하며 경기장을 나왔다. 바로 밖에서 택시가 기다리고 있었다. 운전수는 영어 실력이 형편없는 파울로이다.

파울로가 시합은 어떻게 됐느냐며 물어왔다.

3위와 4위가 일본이라고 알려주자 왠지 그는 "러시아는?" 하고 물었다.

"2위야."

"어허, 러시아가 2위라."

"이탈리아는 11위야."

"이탈리아는 아무래도 상관없어. 어허허. 러시아가 2위라고." 고개를 기울인다. 슬루츠카야의 팬인지도 모른다. 그 정도 선수가 되면 국적을 넘어 팬이 생겨도 이상할 게 없다. 그러고 보니 아라카와와 스구리 선수에게도 다른 나라 관객이 성원을 보냈던 것 같다.

"아라카와 선수, 얼마나 할 수 있을까요." 구로코 군이 아저씨에게 물었다.

"금은 무리이더라도 은은 가능하지 않을까. 어쩌면 은과 동을 딸 수 있을지도 몰라."

"상위 두 사람을 떨어뜨릴 수 있을까요?"

"나는 말이야, 슬루츠카야가 프리프로그램에서 실수할 거 같아."

아저씨의 말에 나와 구로코 군은 동시에 놀란 표정을 지었다.

"그런 일이 가능해요?"

"무슨 일이 일어날지 모르는 게 피겨스케이트야. 내 기억으로는 쇼트프로그램 2위 선수가 역전해서 1위가 된 경우보다 지나치게 힘주다 실패한 경우가 더 많아. 슬루츠카야는 솔트레이크시티에서도 쇼트프로그램 종료 후 2위였어. 그래서 역전을 노리다가 밸런스가 무너지는 바람에 쇼트프로그램 4위였던 휴즈에게 역전당했어. 같은 악몽이 찾아오지 않으리라는 법도 없지."

아저씨는 대단한 증거도 없이 슬루츠카야가 들었다면 엄청나게 화를 낼 불길한 소리, 아니 그보다는 악의 가득한 예상이라고 할 만한 말을 했다. 예상이 아니라 희망적인 관측에 가깝지만.

"어쨌든 대망의 메달을 딸 수 있을 것 같네요." 구로코 군도 목소리가 밝다.

"맞아. 나는 두 개 다 갖고 싶어. 저기 말이야, 은메달과 동메달 두 개를 따는 것과 금메달 하나만 따는 것 중 어느 게 좋아?"

"그야 금메달이죠."

"그렇지. 천하의 여자 피겨스케이트에서 금메달은 대단한 거지. 은메달이라면 이토 미도리가 땄으니까. 그런 일이 생긴다면 정말 엄청난 거지."

"일본이 발칵 뒤집어질 겁니다."

이 시점에서는 이틀 후에 무슨 일이 일어날지 전혀 몰랐기 때문에 단순히 꿈을 얘기하는 기분이었다.

호텔에 돌아왔을 때에는 날짜가 바뀌어 있었다. 그래도 오늘은 좋은 결과를 축하하자며 아저씨는 또 와인을 땄다. 이런, 이런!

22일. 새벽 5시 30분에 택시가 데리러 왔다. 운전수는 예의 파울로였다.

이날은 스노보드 패러렐자이언트슬라롬을 관전할 예정이었다. 경기장은 바르도네키아라는 곳인데 약 200킬로미터 떨어져 있다.

"몇 번이나 얘기했지만 왜 이렇게 경기장이 먼 거야!" 아저씨가 투덜댄다. "이렇게 이동하는 줄 알고도 IOC는 토리노로 결정한 거야?"

그런 얘기를 엉뚱한 데 화풀이하듯 해봐야 구로코 군도 곤란할 뿐이다. 글쎄요, 같은 애매한 대답만 한다.

200킬로미터의 여정을 파울로는 신나게 달린다. 속도계를 보니 시속 140킬로미터를 넘어서고 있다.

"나는 말이야, 옛날에 랠리_{공도에서 장거리, 장기간에 걸쳐 실시하는 자동차 경주} 드라이버를 한 적 있어. 운전이 정말 좋아."

도중에 들른 휴게소에서 카푸치노를 마시면서 그가 말했다.

"일본차도 아주 좋아해. 도요타에 스즈키, 혼다 다 좋아."

파울로는 콧노래를 부르면서 운전을 계속했다. 가속페달을 꾹 밟는다. 조금이라도 늦게 달리는 차가 있으면 어김없이 추월한다.

무모한 운전 덕분에 예정보다 일찍 바르도네키아에 도착. 다만 또 셔틀버스를 타야만 한다. 여기부터는 택시로 갈 수 없다고 한다.

아저씨와 구로코 군은 버스 안에서 방한구를 장착하기 시작했다. 상당히 추울 것 같다.

그런데 오늘의 스노보드 패러렐자이언트슬라롬에 일본에서는 쓰루오카 겐타로 선수 한 명만 출전한다. 게다가 유감스럽게도 입상을 기대할 수 있는 수준은 아닌 듯하다. 그래도 우리가 이 경기를 보게 된 것은 아저씨가 스노보드를 좋아하기 때문이다.

"굳이 동계 올림픽을 직접 관전하는데 스노보드를 한 번도 안 본다는 건 납득할 수 없지."

이렇게 자기 맘대로 하는 아저씨를 고려해 구로코 군이 고육지책으로 제안한 게 오늘의 관전이다. 하프파이프와 새로운 종목인 스노보드크로스를 보고 싶어 했지만 우리가 도착했을 때는 둘 다 경기가 끝나 있었다.

아저씨는 하프파이프를 못 봐서 낙담했지만 스노보드크로스를 TV로 관전할 때는 기분이 좋아졌다. 일본 대표인 지무라 선수가 준준결승에서 넘어졌는데도.

"그런 건 아무래도 상관없어." 아저씨가 말한다. "스노보드크로스는 원래 넘어지는 경기야. 그걸 두려워하면 강호를 이길 수 없어. 지무라 선수가 결승 토너먼트 1회전을 2위로 통과한 건 넘어질 걸 각오했기 때문이야. 내가 기분이 좋아진 건 이 경기가 예상대로 재미있기 때문이고. 아니, 재미있다는 건 전부터 알았지만 모두에게 어필할 수 있게 됐어. 다음 올림픽에서는 틀림없이 하프파이프에 지지 않을 만큼 인기 있을 거야."

스노보드 이야기만 나오면 아저씨의 눈빛이 변한다. 내가 보증하지만 아저씨는 진심으로 일본 스노보드팀의 건투를 기원하고 있다. 관계자 여러분, 부디 아저씨가 살아 있는 동안 스노보드에서 금메달을 딸 수 있도록 분발해주세요.

말이 옆으로 흘렀지만 어쨌든 그래서 오늘 시합을 보게 되었다.

셔틀버스에 앉아 출발을 기다리는데 일본인 몇 명이 차에 타서 놀라고 말았다. 오늘은 우리 이외에는 일본인이 없을 거라고 예상했기 때문이다.

아무래도 그들은 쓰루오카 선수의 가족 같았다. 피겨스케이트나 스키점프와 달리 일본 응원단이 없는 가운데 성원을 보내는 일은 무척 쓸쓸하지 않을까. 우리라도 오길 잘했다는 생각이 들었다.

경기장에 도착했지만 시합 시작까지는 아직 시간이 많이 남았다. 아침을 안 먹고 나와 배가 고팠다. 여기에도 임시 레스토랑이 만들어져 있었기 때문에 우선은 들여다봤다.

안은 비어 있었다. 어떤 외국인 무리가 화이트와인을 마시면서 한껏 흥분해 있다. 그 모습에 질투가 났는지 "우리도 와인 마시자" 하고 아저씨가 말을 꺼냈다.

여기는 식권 방식이었다. 그런데 시스템이 어중간해 식권을 내미는 것만으로는 음식을 주는 아줌마가 그게 뭔지 잘 몰랐다. 게다가 그 아줌마는 영어를 전혀 못 했다. 열심히 난리를 피운 결과 모둠채

스노보드크로스

소와 화이트와인을 받아 올 수 있었다.

배가 부른 데다 살짝 취한 상태로 우리는 관중석으로 향했다. 코스는 바로 정면에 있었다.

패러렐자이언트슬라롬이란 나란히 놓인 두 개의 코스를 두 선수가 동시에 내려오는 경기이다. 말할 것도 없이 먼저 내려오는 사람이 이긴다. 하지만 그래서는 코스 차이에 따른 핸디캡이 생기기 때문에 코스를 바꿔 다시 한 번 레이스를 펼친다. 1차 레이스에서 패배한 선수는 기록 차이만큼 늦게 출발한다. 즉 2차 레이스에서 먼저 골인한 사람이 진정한 승리자인 셈이다. 이렇게 일대일 승부를 준준결승, 준결승, 결승으로 이어가 우승자를 결정한다.

다만 이런 식으로 대전형 게임을 치르는 것은 결선뿐이다. 우선 예선에서 두 코스를 타고, 그 기록 합계가 16위 안에 든 선수들이 결선에 나간다.

드디어 시합이 시작됐다. 두 선수씩 내려온다. 다만 방금 얘기했듯이 이때는 서로 경쟁하는 게 아니다. 단순히 시간을 잴 뿐이다.

이날은 날씨가 아주 좋았다. 눈이 거의 보이지 않는다. 한여름 같은 파란 하늘이 펼쳐지고 한여름처럼 따뜻한 햇살이 쏟아졌다. 끊임없이 쏟아지는 햇살이 좋다.

버스에서 방한구를 장착한 탓에 덥다는 소리를 연발하던 아저씨는 상의를 벗기 시작했다. 위는 긴팔 티셔츠 한 장이다. 그러나 아래는 오버팬츠를 입은 채이다.

"하반신은 그늘이야. 해가 닿지 않으면 아주 추워."

아무래도 양지와 음지의 온도 차이가 꽤 큰가 보다. 그걸 드러내듯 아저씨는 니트 모자를 벗으려 하지 않는다. 벗으면 머리가 뜨거워질 테니까.

속속 선수들이 내려온다. 그리고 쓰루오카 선수 차례가 되었다. 우리는 몸을 내밀었다.

쓰루오카 선수, 중간까지 아주 쾌속으로 내려왔다. 그런데 중반에 크게 덜컥해 시간을 많이 놓쳤다. 나도 모르게 한숨을 쉰다.

쓰루오카 선수의 가족은 우리보다 조금 위쪽 좌석에서 관전하고 있었다. 첫 번째 경기에 살짝 낙담한 듯했다. 하지만 미소를 보여서 괜히 우리까지 마음이 놓인다.

"이 경기에서 일본인 선수가 좋은 성적을 거두면 요시다 미와 씨도 좋아할 텐데." 아저씨가 중얼거렸다.

"왜 가수가 좋아해?"

"그 요시다 미와일본의 듀오 '드림스 컴 트루'의 보컬가 아니야. 내 스노보드 스승인 요시다 부부의 사모님을 말하는 거지."

아저씨의 말로는 그 부부는 묘코의 아카쿠라에서 여관을 경영하면서 시범을 보이거나 레슨비디오를 제작하는 등 스노보드 보급에 열을 올리고 있다고 한다. 아저씨가 요시다 부부와 만난 것은 야마가타의 가쓰산으로, 그때 남편인 이나가와 프로에게서 울퉁불퉁한 코스의 공략법을 레슨받았다고 한다.

"요시다 미와 씨는 알파인보드 시범을 오랫동안 해오면서 침체된 알파인의 인기를 어떻게든 다시 일으키려고 애쓰고 있거든."

"알파인보드?"

"스노보드에도 두 종류가 있어. 하프파이프에서는 프리스타일보드라고 하는 플레이트를 이용해. 하지만 여기서 하고 있는 패러렐자이언트슬라롬에서는 알파인보드라는 플레이트를 사용한다고. 프리스타일보드는 날거나 차거나 하는 트릭을 하는 데 적합해. 알파인보드는 빨리 내려오는 데 적합하지. 재미있는 건 스노보드크로스로, 두 가지 플레이트를 섞어 사용하고 있어. 조작성을 중시할까 스피드를 중시할까, 선수에 따라 다른 거지. 이번 대회에서 금메달을 딴 선수는 프리스타일보드를 썼어. 은메달 선수는 알파인보드였고. 결승선에서의 차이는 불과 몇십 센티미터였기 때문에 아직 어느 것이 스노보드크로스에서 더 유리한지는 결론 나지 않았어."

스노보드 얘기가 나오면 아저씨의 자기 자랑이 길어진다.

"플레이트가 두 종류라는 건 알겠어. 그런데 요새 알파인보드는 인기 없어?"

"그래. 일반인이 스키장에서 즐기는 것은 압도적으로 프리스타일보드가 많아. 나도 그렇고. 알파인보드는 대기업이 속속 철수할 정도로 마이너가 되고 있어."

"왜 그렇게 됐는데?"

"한마디로 말해 일상적으로 즐길 때는 프리스타일보드로 충분하니까. 다루기도 편하고 도구의 진보로 스피드도 좋아졌어. 하지만 알파인보드에도 특유의 장점이 있기 때문에 인기가 사라져 안타까워."

"그러면 아저씨도 알파인보드를 시작하면 어때?"

"물론 나도 권유받았지. 요시다 미와 씨에게서." 아저씨는 쓴웃음을 지었다. "보드와 부츠도 보내줬어. 안 할 수가 없지. 아아, 하지만 기무라 기미노부 씨와도 스키 약속을 잡았다고. 몸이 몇 개라도 모자라."

"저기, 말씀 도중에 죄송한데……" 구로코 군이 끼어들었다. "스노보드를 타시는 건 좋습니다. 알파인보드와 스키에도 도전하십시오. 하지만 그 전에 원고를……."

"알았다고!" 아저씨의 눈이 날카로워진다.

우리가 그런 이야기를 하는 사이에 경기는 2차 레이스로 들어섰다. 스위스, 프랑스, 오스트리아의 선수가 좋은 기록을 냈다. 골인할 때마다 각국 응원단이 종을 치며 목소리를 높인다. 그리고 여기서도 시끄러운 것은 역시 미국이다. 아무래도 선수 팬클럽이 있는 모양이다. 이미 귀에 딱지가 앉을 정도인 'USA'가 끊임없이 들려온다.

그런 가운데 쓰루오카 선수가 다시 등장했다. 1차 레이스의 실수를 의식했는지 상당히 무리해 내려오고 있다. 그 결과 결승선 바로 앞에서 크게 균형이 무너졌다. 넘어지지는 않았지만 시간을 많이 잃고 골인했다. 뭐 어쩔 수 없지.

예선 결과 스위스의 형제가 1위에 올랐다. 다른 상위권도 스위스 투성이다. 프랑스, 오스트리아, 미국은 어디로 간 거지?

유감스럽게도 쓰루오카 선수는 예선 탈락이다.

"하지만 쓰루오카가 나오지 않았으면 이 경기를 보지도 않았겠지? 그런 의미에서는 출전해줘서 고맙네." 아저씨는 팔짱을 끼고 자신을 납득시키듯 고개를 끄덕이며 말한다.

결선까지는 조금 시간이 있어서, 아저씨는 아까 갔던 레스토랑에 다시 가 구로코 군과 맥주를 마시기 시작했다.

"앞으로 어떻게 하실 겁니까? 쓰루오카 선수는 이제 안 나오는데." 구보코 군이 묻는다.

"여기까지 왔으니 마지막까지 보자. 앞으로가 재미있을 거야. 대전 방식이니까 각국 응원도 볼만할 거고."

결선에서는 열여섯 명의 선수가 예선 기록에 근거한 조합으로 대전을 펼친다. 앞서 말한 바와 같이 두 번 승부한다.

베스트8이 결정되면 이어서 베스트4를 결정하는 식이다. 그런데 베스트 결정과 진 사람들끼리의 순위결정전을 병행한다. 이게 좀 지루했다. 응원단 열기도 식은 상태이다.

햇살은 점점 강해져 머리가 멍할 정도였다. 햇빛을 가리기 위해 후드를 뒤집어쓰고 스노보드용 고글까지 쓴 구로코 군이 꾸벅꾸벅 졸기 시작했다.

"이 경기, 큰일이네." 아저씨가 말했다.

"뭐가?"

"구로코 군, 지금 졸고 있지?"

"그래."

"사실은 나도 졸려."

"따뜻하니까. 아침식사도 좀 일렀고. 게다가 둘이서 맥주까지 마셨잖아."

"그것만이 아니야. 경기 자체에 문제가 있어."

"그래?"

"두 번 승부라는 게 아무래도 김빠지네. 연이어 하는 것도 아니고 중간에 다른 경기가 끼어드니까 긴장감이 이어지질 않아."

"하지만 코스에 따른 핸디캡을 없애려면 두 번 겨룰 수밖에 없어."

"그렇지. 하지만 그럴 바엔 애당초 대전 방식으로 할 필요가 없어. 알파인스키처럼 한 사람씩 같은 코스를 내려오면 편하잖아."

"대전 방식이 보기에 더 재미있을 거라고 생각한 거 아닐까."

"그랬겠지. 하지만 병행하는 다른 코스를 내려와 승부한다는 방식에 문제가 있지 않나? 선수는 상대를 의식하겠지만 이기기 위해서는 자기 기록을 단축하는 수밖에 없어. 밀고 당기는 긴장감이 관객들에게까지 전해지지 않아."

"그럼 두 사람이 같은 코스를 달려야 한다고?"

"그리고 단판 승부. 그러면 재미있을 거야."

"같은 코스를 둘이서…… 말이지." 그렇게 말하다가 깨달았다. "그러면 스노보드크로스야!"

"맞아. 그쪽은 같은 코스에서 경쟁하지. 게다가 네 명이서. 당연히 머리싸움이 있고 접촉 플레이까지 있어. 그러니까 선수들도 뜨거워지고 응원단도 난리가 나는 거야. 이번에 많은 사람이 스노보드크로스를 보고 재미있었다는 감상을 내놓았잖아. 그게 정식 종목이 되고 나니 이 패러렐자이언트슬라롬이라는 종목은 너무 느긋해 보여."

나는 신음을 하며 "그럴 지도 모르겠어"라고 대답했다.

"그래서 큰일이라는 거야. 잘못했다가는 올림픽 정식 종목에서 빠지겠어. 대전 방식을 고집하지 말고 알파인스키 방식을 도입하는 게 나아. 알파인보드의 회전 기술을 다투는 종목은 남아야 하니까."

구로코 군은 여전히 옆에서 기분 좋게 잠들어 있다. 그것을 발견한 프랑스 언론의 카메라맨이 재미있다는 듯 촬영한다. 도대체 어디에 쓰려는 걸까.

결승전에 오른 것은 스위스의 쇼흐 형제였다. 이것으로 스위스의 금·은이 결정됐다.

"에이, 시시하네. 금메달을 놓고 양국 응원단이 경쟁 벌이는 걸 즐기려고 했는데. 이렇게 되면 동메달 결정전을 기대하는 수밖에."

아저씨는 그렇게 말했지만 동메달 결정전의 1차 레이스에서 프랑스 선수가 크게 넘어지는 바람에 사실상 포기. 2차 레이스까지 가지 않고 오스트리아 선수의 동메달이 결정되었다. 구로코 군의 얼굴을 찍으며 좋아하던 프랑스 언론도 떨떠름한 얼굴로 철수했다.

"뭐야 이게. 실망스럽네. 어쩔 수 없군. 우리도 그만 가자."

"결승, 안 보셔도 괜찮겠어요?" 아직 잠이 덜 깬 눈으로 구로코 군이 말한다.

"이제 됐어. 우물쭈물하다가 셔틀버스 놓치겠어."

버스를 타고 바르도네키아로 돌아와 그곳에서 다시 전차를 탔다. 차량에는 루지 선수들의 사진이 커다랗게 붙어 있었다. 어쨌든 올림픽 분위기를 띄우려고 노력하고 있는 듯하다.

포르타누오바에서 갈아타 아스티 역에 도착한다. 마누엘라 씨가 기다리고 있었다. 밤에는 아스티관광국 사람들과 만나기로 돼 있다.

내일은 관전 일정이 없어, 아저씨는 어디 스키장에서 스노보드를 즐길 속셈이다. 관광국에 가서는 제일 먼저 스키장에 관한 설명을 들었다. 클라비에레라는 곳이라고 한다.

회의가 끝난 후 와인이라도 마시자는 얘기가 나와 리스토란테 에노테카라는 레스토랑으로 안내되었다. 카르네 크루다 알라스티지아나라는 음식을 대접받았다. 스푼에 생고기 다진 것을 놓고 한입에 먹는 것이다. 아스티의 명물 요리라고 하는데 아주 맛있다.

이 가게의 지하에는 와인 셀러가 있는데 수백 년 전, 수도사들이 거기서 살았다고 한다. 당시에는 지하도로 도시의 여러 교회와 연결되어 있었다고 한다.

레스토랑으로 돌아오자 카메라맨이 찾아와 우리를 촬영했다. 단순한 기념촬영이라고 생각했는데 며칠 뒤 이탈리아의 신문 〈라스탐파 La Stampa〉에 사진이 실려 놀랐다.

23일. 아침부터 TV소리가 시끄럽다. 아저씨가 보고 있나. 그런데 자세히 들으니 일본어다. 이상하다 싶어 상황을 보러 가니 아저씨가 노트북으로 DVD를 보고 있었다. 〈야마토 나데시코 2000년에 후지TV에서 방영한 11부작 드라마〉라는 패키지를 보고 쓰러질 뻔했다.

"이런 걸 챙겨왔어?"

"TV를 틀어봤자 알아들을 수 없잖아. 영어라면 모르겠는데 이탈리아어잖아."

"허세는! 영어도 못하는 주제에."

"그냥 일본어 방송이 그리울 것 같아서 가지고 왔어."

"그런데 왜 〈야마토 나데시코〉야?"

"느긋해서 피곤해지지 않으니까. 해외여행은 늘 피로가 쌓이거든."

"아무래도 좋은데 노트북 배터리는 괜찮은 거야?"

"구로코 군에게 휴대전화용 어댑터를 빌려서 해봤더니 잘 되더라고. 처음부터 이랬으면 되는 건데."

"구로코 군이 어댑터를 빌려준 건 아저씨가 원고를 쓸 거라고 생각해서이지. 누가 이렇게 태평하게 앉아 DVD도 볼 줄 알았겠어?"

"거참 되게 시끄럽네. 오늘은 휴일이야. 그러니까 스노보드도 타러 가지."

"정말 가는 거야? 나는 방을 지킬래. 여자 피겨스케이트 프리프로그램을 TV로 보고 싶어."

"그래? 하지만 밤에는 기무라 기미노부 씨가 묵고 있는 호텔로 가서 같이 식사하기로 약속했어."

"에이, 그래? 그럼 따라가는 수밖에 없네. 인사라도 해야 하니까."

"무슨 인사 때문이냐? 뭐 얻어먹을 생각이겠지. 갈 거면 빨리 준비해."

오전 10시, 파울로가 왔다. "차오" 하고 인사한다. 오늘 이동은 모두 그의 차를 이용한다. 조금 흥분한 기색이다. 우리는 편하고, 그는 지갑이 넉넉해질 테니까.

어제 아스티관광국에서 들은 클라비에레라는 곳으로 향한다. 역시

200킬로미터 이상 떨어져 있다고 한다. 운전이 힘들겠다고 생각했는데 파울로는 즐거운 듯 평소와 마찬가지로 무모한 운전을 감행한다. 반대 차선에서 차가 오는데도 앞차 세 대를 추월할 때는 나도 모르게 다리에 힘을 주었다. 그런데 정작 본인은 콧노래를 부르며 "아임 드라이버, 크레이지 드라이버" 같은 소리를 지껄인다.

세스트리에레라는 마을에 들러 이름이 파울라인 여성을 태운다. 마누엘라 씨의 친구로, 스노보드 대여 등을 도와준다고 한다.

이 파울라 씨, 어제 설명으로는 영어를 할 수 있다고 했는데 실제로는 파울로의 반도 못했다. 아저씨가 《손가락 회화》 책을 활용해 간신히 의사소통한다.

그러고 있는 동안 클라비에레에 도착. 파울라 씨가 대여점에서 이야기를 한다. 그런데 그 가게 점장은 영어를 아주 잘했다. 알기 쉬운 영어라 아저씨도 알아듣는 모양이다. 아무 문제없이 부츠와 보드를 빌렸다. 솔직히 말해 파울라 씨는 올 필요가 없었던 게 아닐까.

유럽의 대여 물품은 일본과 달리 장비 자체는 낡았지만 수선이 잘되어 있다고 들었는데, 실제로는 왁스도 칠해져 있지 않고 모서리도 손질이 안 되어 있어 빈말로도 좋다고는 할 수 없었다. 게다가 바인딩이 좌우가 바뀌어 달려 있었다.

"뭐, 괜찮아. 이런 데 와서 씽씽 달리겠다고 생각하진 않았으니까. 조금만 즐기면 돼." 사실 장비에 까다로운 아저씨도 포기했는지 이렇게 말했다.

소문으로 들었는데 이 스키장에는 기본적으로 진입금지구역이라는 곳이 존재하지 않는다. 리프트 아래가 숲 속인데 어디를 달려도 자유이다. 물론 부상 가능성도 있지만 각자의 판단에 맡긴다는 사고 방식이다.

"자기 행동에 책임을 느끼게 되니까 이게 오히려 안전할지도 몰라." 리프트를 타고 올라가면서 아저씨가 말했다.

"그럼 일본도 그렇게 하면 좋을 거 아냐."

"모든 것은 처음이 중요해. 스키장이라는 곳이 만들어지기 시작했을 때 경영자 측이 어디가 안전하고 위험한지 구분했기 때문에 스키어는 판단할 기회를 잃었어. 그 상태에서 스키와 스노보드가 보급되었으니 지금은 방향을 전환하기 힘들지."

"이용자 측을 과보호하고 있다는 말씀이십니까?" 구로코 군이 말한다.

"그렇지. 하지만 그런 자각 없이 단순 호기심으로 진입금지구역에서 달리려는 젊은이들이 있어서 사고가 일어나. 그 결과 스키장 측은 더욱 관리를 철저히 하지. 악순환이야."

클라비에레의 코스는 경사가 심하지 않아서 넓은 들판을 달리는 것 같아 타기 쉬웠다. 다만 인공 눈 중심이었기 때문에 설질이 좋지 않았다. 리프트로 정상 부근까지 올라가자 프랑스와의 국경임을 나타나는 팻말이 있었다. 해외에서 스노보드를 타고 있다는 게 실감 나서 기분이 좋다.

타고 있는 사람들의 얼굴을 보니 다양한 인종이 섞여 있다. 아마 우리와 마찬가지로 올림픽 관전 사이에 노는 것이리라. 올림픽 스태프 점퍼를 입고 타는 사람들이 아무래도 눈에 들어왔다. 이런 데서 놀아도 되는 건가?

두 시간 정도 타고 난 후 파울로의 차로 돌아왔다. 파울로가 피곤하냐고 물었다. 나와 구로코 군은 녹초가 되었는데 아저씨는 아직 쌩쌩하다.

오후 3시를 조금 넘어서고 있었다. 기무라 씨와는 7시에 만날 예정이기 때문에 일단 출발하기로 했다.

기무라 씨는 체사나라는 마을의 카베르톤 호텔에 머물고 있다고 했다. 그런데 그 체사나 마을이 클라비에레 바로 옆이었다. 차를 타고 이십 분도 안 걸려 도착하고 말았다. 채 4시도 되지 않았다.

"곤란한데. 이렇게 일찍 도착하다니. 이제 뭘 하지?"

"기무라 씨에게 전화해볼게요." 구로코 군이 휴대전화를 꺼냈다.

전화하니 기무라 씨는 호텔방에 있다고 했다. 호텔 로비에서 기다리고 있으니 트레이닝복 차림으로 계단을 내려왔다.

기무라 기미노부 씨는 알베르빌, 릴레함메르, 나가노, 솔트레이크시티까지 올림픽에 사 연속 출전했다. 알파인계에서는 일본 사상 최초의 쾌거이다. 하지만 이번에는 NHK의 해설자로 왔다고 한다.

역시 기분이 전혀 다르겠죠, 라고 아저씨가 물었다.

"그러네요. 올림픽이라면 내가 직접 출전한다는 의식이 있기 때문이죠. 어라, 이번에는 내가 안 나가도 되나? 그런 느낌이 듭니다."

네 번이나 연속으로 나왔으니 그도 그럴 것이다.

"하지만 지금까지와는 다른 입장으로 참가해보니 선수 시절에는 못 보던 것이 보여 확실히 공부가 많이 됩니다. 선수 때는 나밖에 생각하지 않으니까요."

다만, 하고 기무라 씨는 약간 짓궂은 표정을 지었다.

"어제 오모트 선수를 보면서 나도 아직 할 수 있지 않을까 생각했어요. 그는 나와 같은 세대예요. 금메달도 여러 개 땄죠. 되는 대로 달려 훈장을 또 하나 땄으니까. 감동도 받고 용기도 얻었습니다. 은퇴한 것을 조금 후회했죠."

전날, 노르웨이의 셰틸 안드레 오모트가 남자 슈퍼자이언트슬라롬에서 두 대회 연속 우승을 거머쥐었다. 기무라 씨보다 한 살 어리다.

그런 선수를 옆에서 보면서 당연히 왕년의 최고 선수로서 피가 끓었으리라 생각한다.

"이번 대회의 일본 선수들 성적을 어떻게 생각하세요? 메달을 따지 못해 기대에 어긋나고 있다는 분위기가 짙은데."

아저씨의 질문에 기무라 씨는 팔짱을 꼈다.

"일반인들은 메달, 메달 하지만 올림픽에서 메달을 딴다는 건 훨씬 대단한 일입니다. 그렇게 간단한 일이 아니죠. 그 점을 이해한 후에 이번 성적을 보면 그리 나쁘지 않다고 생각합니다."

기무라 씨는 냉정하게 말했다. 단순히 일본 선수를 감싸고 있는 건 아니라는 게 느껴졌다.

"그래도 메달이 없는 날은 오늘로 끝입니다. 여자 피겨스케이트가 해줄 테니까." 기무라 씨는 그렇게 말하더니 목소리를 낮췄다. "하지만 피겨스케이트에서 메달을 따지 못해도 좋다는 녀석이 알파인팀

에 있어요. 자기가 첫 메달이 되고 싶다고."

"사사키 아키라 선수죠? 든든하네요." 아저씨도 웃었다. "기무라 씨는 남자 슬라롬을 어떻게 예상하세요?"

"그게 좀 재미있게 됐습니다. 알파인스키는 월드컵 성적으로 상위 열다섯 명을 뽑아 활주 순서를 우선 배정하는데, 이번에는 그 열다섯 명 중에 일본 선수가 둘이나 들어갈 것 같아요."

"사사키 아키라 선수 말고 또 있어요?"

"네. 오스트리아에서 멤버를 바꾼 결과, 열다섯 명에 들어갔던 선수가 빠졌어요. 그래서 열여섯 번째인 미나가와 겐타로가 들어가게 되었죠."

"열다섯 명에 들어가는 게 그렇게 큰일입니까?"

"아주 큽니다." 기무라 씨는 크게 고개를 끄덕인다. "열다섯 명 중에 상위 일곱 명 그룹이 먼저 타고, 그 뒤에 나머지 여덟 명이 탑니다. 그룹 내 경기 순서는 추첨으로 정합니다. 즉 잘만 하면 사사키나 미나가와 선수가 여덟 번째나 아홉 번째에 탈 수 있다는 겁니다. 그러면 기회가 생깁니다. 이 그룹에 일본인이 두 명이나 들어간 건 전에 없던 일입니다."

"먼저 타는 게 유리합니까?"

"유리합니다. 자이언트슬라롬과 슬라롬은 인젝션이라고 해서 눈 속에 물을 주입해 딱딱하게 굳힌 코스에서 경기합니다. 경기 순서에 따라 컨디션이 달라지는 것을 막기 위함이지만 아무래도 점점 더 거칠어집니다. 제 경험상 유럽의 경우 열 번째 이내에서 좋은 기록이 나온다고 봅니다."

그렇구나. 승부의 행방을 결정하는 요소는 선수 기량 외에도 많구나. 오랫동안 일선에서 활약해온 사람의 분석은 듣는 것만으로도 매우 즐겁다. 아저씨의 주위들은 지식과 근거 없는 추측은 아무리 들어도 하나도 재미없었는데.

바쁜 기무라 씨를 한없이 붙잡고 있을 수 없어 저녁때 재회하기로 약속하고 우리는 호텔을 떠났다. 체사나 마을의 거리를 산책하기로 했다.

호텔이 면하고 있는 중심가에서 옆길로 빠지자 가게가 즐비한 도로가 있었다. 외국인들도 그곳을 둘러보며 걷고 있다. 일본으로 치면 온천 마을 같다고 해야 할까, 유럽의 시골 마을 같은 분위기가 있어 아주 번잡하다. 민족의상으로 보이는 옷을 입은 사람들이 포크댄스 같은 춤을 추고 있다.

눈이 뿌리기 시작했다. 추위도 더해진다. 느긋하게 걸을 기분이 사라져 어딘가 들어가기로 했다.

바에 들어가 맥주를 마신다. 그맘때 우리가 가장 염두에 두고 있는 것은 여자 피겨스케이트의 경기 결과였다.

"연기 순서로 보면, 아라카와가 시작할 때쯤 스구리가 메달권에 있으면 좋을 텐데. 가능하면 1위로. 그러면 아라카와의 압박감도 상당히 줄어들 테고." 아저씨가 말한다.

"두 사람이 나란히 실패하는 일만은 없었으면 좋겠어요." 구로코 군이 불길한 일을 입에 담았다.

이후 우리는 메달을 예상하다가 어떤 선수가 제일 좋은지 의견을 주고받기 시작했다.

"저는 역시 안도입니다." 구로코 군이 말했다. "그다음이 아라카와이고요."

"아니, 스구리는 영 아니야?"

"저는 그 우는 연기가 아무래도 좋아지질 않아요. 게다가 그런 스타일의 얼굴은 좀 아니라서요. 같은 의미에서 아라카와의 얼굴도 화가 난 것처럼 좀 무서워 싫습니다."

얼굴만 보냐?

"나는 스구리 타입이 좋은데." 아저씨가 말한다. "아라카와 타입도 좋아. 그러나 몸의 비율을 생각하면 역시 안도지."

아저씨는 그쪽이야?

두 사람의 대화 수준이 형편없이 떨어진 시점에서 가게를 나왔다. 호텔을 향해 걷다가 기무라 씨와 딱 마주쳤다. 주머니를 들고 있는데 열어 보니 빨랫감이다.

"세탁소에 들렀어요?" 아저씨가 묻는다.

"네. 엄밀히 말하면 세탁만 부탁했어요. 건조까지 하면 비싸서 방에서 말릴 겁니다."

어허, 하고 감탄한다. 스키를 탈 때는 대담하고 과감한데 이럴 때는 아주 건실한 사람이구나.

다시 호텔로 돌아와 레스토랑에서 식사를 했다. 기무라 씨는 호텔에서 조금 떨어진 레스토랑에서 생선 요리를 대접하고 싶었는데 예약을 못 했다고 한다. 그러나 호텔 레스토랑 음식도 정말 맛있어서 나는 만족했다.

와인 기운이 돌았는지 아저씨는 기무라 씨에게 한심한 얘기만 지껄이고 있다. 취재는 안 해도 될까 싶었지만 기무라 씨도 우리 여행 얘기를 들으며 즐거워하니까 뭐 됐다 싶었다.

식사를 끝낼 즈음에 "앗! 안도다" 하고 기무라 씨가 로비 쪽을 봤다. 로비에 놓인 TV에서 피겨스케이트 경기를 중계하고 있었다.

로비로 자리를 옮겨 다 같이 관전한다. 안도 미키는 쇼트프로그램 때와는 달리 하얗고 하늘하늘한 의상을 입었다. 아저씨는 뚱뚱해 보인다는 소리나 하고 있다. 안도의 팬이 들으면 화낼 소리다.

안도 미키는 쇼트프로그램 8위. 아무리 노력해도 메달과는 거리가 멀다. 주목할 건 4회전 점프가 성공하느냐 마느냐이다.

우리가 지켜보는 가운데 과감하게 도전. 하지만 넘어졌다. 연습에서도 좀처럼 잘 되지 않았다고 하니 어쩔 수 없다.

그 후에도 실수가 눈에 띄었다. 연기를 끝내자 당연히 순위도 떨어졌다. 우리는 한숨을 쉰다.

계속 보고 싶은 마음은 태산 같았지만 시간이 너무 늦었기 때문에 미련을 남기고 호텔을 떠났다. 하지만 생각해보니 내일은 여자 자이언트슬라롬을 관전할 예정이라 또 이곳으로 와야 한다. 무엇 때문에 200킬로미터를 왕복해야 하는지 의문이 들었다.

파울로가 운전하는 차를 타고 아스티로 향했다. 스노보드를 즐겼고 맛있는 식사로 배가 부르고 와인으로 기분까지 좋으니 기어이 졸고 만다. 정신을 차렸을 때는 아스티에 거의 도착해 있었다.

옆을 보니 구로코 군도 푹 자고 있다. 이번 여행에서 그는 틈만 나면 잔다. 피곤할 것이다. 무리도 아니다. 아저씨는 스스로 아무것도 하지 않는다.

구로코 군이 눈을 뜨자 아저씨는 기다렸다는 듯 말했다.

"어이, 이제 슬슬 다 되지 않았을까?"

"뭐가요?" 구로코 군, 아직도 졸린 눈이다.

"피겨스케이트 말이야. 결과가 나왔을걸."

"아, 그럴 수도 있겠네요."

"모바일 홈페이지를 체크해봐. 벌써 발표했을지도 몰라."

"아, 그러네요. 하지만 어떨지 모르겠어요. 결과는 꽤 늦게 실려서……."

그런 말을 하면서 휴대전화를 조작하던 구로코 군이 갑자기 "아!" 하고 큰 소리를 냈다.

"아라카와 시즈카, 비원悲願의 금, 이라고 되어 있는데요?"

"뭐?"

"예?"

"잠깐만요. 다른 사이트도 확인해볼게요." 구로코 군의 목소리가 떨렸다.

나와 아저씨는 잠자코 기다렸다. 마침내 구로코 군이 말했다.

"맞네요. 틀림없습니다. 금메달입니다. 아라카와 시즈카가 우승했습니다. 스구리는 4위이고요."

우와! 아저씨가 소리를 질렀다. 나도 시트 위에서 뛰었다. 운전중인 파울로는 무슨 일이 일어났나 싶어 놀란다. 사정을 얘기하자 대단하다며 눈을 동그랗게 떴다.

구로코 군이 또 놀라 소리를 높였다.

"이런! 슬루츠카야가 넘어졌답니다. 히가시노 씨의 예언대로 됐네요. 게다가 코헨도 넘어졌답니다."

"거봐!" 아저씨가 침을 튀기며 소리를 질러댄다. "내가 얘기했지! 무슨 일이 생길 거라고. 하지만 둘 다 넘어지다니. 거기까지는 예상 못 했네."

뭐가 예상이야. 희망적 관측을 담은 억측에 불과했지.

"역시 내가 왔기 때문이야. 내가 행운을 불러온 거라고. 이제 남은 경기도 기대해봐야겠어."

아저씨의 숨소리가 거칠다.

호텔 방으로 돌아와서도 아저씨는 이상한 소리를 계속 늘어놓는다. 와인을 한 병 다 비우고는 코를 곤다. 참 성가신 사람이다.

24일. 오늘의 관전 경기는 여자 알파인 자이언트슬라롬. 일본에서는 세 명 출전 예정이었는데 갑자기 그중 두 명이 귀국했다고 어제 기무라 씨에게서 들었다. 월드컵 포인트를 따기 위해서라고 한다. 올림픽 출전보다 그게 더 중요한가 싶어 이상한 기분이 들었다.

역시 파울로가 운전하는 차를 타고 경기장으로 향한다. 오늘은 세스트리에레 콜레라는 장소이다.

"알파인스키 경기는 하나쯤 봐줘야지." 달리는 차 안에서 아저씨가 말했다.

"그러네요. 《페이크》의 주인공이 알파인스키 선수여서 취재를 시작해 여기 올림픽까지 오게 되었으니까요."

"오늘 출전하는 사람은 히로이 노리요 선수였나."

"소속은 알비렉스 니가타일본 프로축구인 J리그의 축구팀 중 하나라고 되어 있는데, 무슨 일을 하고 있는 걸까요?"

"홈페이지가 있어서 살펴봤는데 정보가 거의 없어. 과거 전적은 기억 못 한다고 적어놓지 않았고. 취미가 파도타기라서 바다에 가는 걸 아주 좋아하는 모양이야."

"스키 선수가 바다를 좋아한다니 재미있네요."

"히로이 선수를 응원해야겠지만 나의 오늘 최고 목표는 크로아티아의 코스텔리치야. 어제 기무라 씨에게 들었는데, 코스텔리치의 출현으로 크로아티아 전체의 수준이 올라갔대. 사기라고 해야 하나, 모두 눈빛이 변했다는군. 주위에 그런 영향을 주다니 분명히 엄청난 선수일 거야."

오늘은 경기장 바로 앞까지 차로 갔다. 거기서 파울로와 헤어져 입장한다.

바람이 차서 귀가 시리다. 방한구로 모자를 썼지만 그래도 추웠다.

관중석은 알파인보드의 패러렐자이언트슬라롬 때와 마찬가지로 코스에 면해 만들어져 있었다. 그곳에서 〈소설보석〉의 화보 촬영을 한다며 기다리고 있던 카메라맨과 합류했다.

사진을 싫어하는 아저씨는 잔뜩 뿔난 사람처럼 카메라에 담기고 있다. 조금 더 싹싹한 얼굴을 하면 좋을 텐데.

촬영을 끝내고 카메라맨을 보냈다. 구로코 군이 어쩐지 신난 표정이어서 왜 그러느냐고 물었다.

"아니, 조금 아까 처음 보는 백인 여성이 '축하한다!'라고 했어요. 아무래도 아라카와 시즈카의 금메달 얘기 같아요. 역시 피겨스케이트에서 우승하니까 여러 나라가 주목하네요."

"눈에 띄지 않은 경기에서 메달을 여러 개 따는 것보다 피겨스케이트에서 하나 따는 게 더 낫다는 얘기인가. 그러고 보니 미국에서도 여자 피겨스케이트에서 금메달을 땄을 때 경제효과가 엄청났다고 들었어. 선수에 대한 광고 출연 요청도 장난이 아니라고 하고." 아저씨는 또 주워들은 지식을 설파하기 시작했다. "다만 미국인이 승리했다는 이미지가 나오지 않는 경우에는 얘기가 다르지만."

"응? 그게 무슨 소리야?" 내가 물었다.

"예를 들어, 알베르빌 올림픽에서 크리스티 야마구치라는 미국 선수가 우승했어. 이름을 보면 알겠지만 일본계야. 그녀의 경우, 금메달리스트라면 무조건 기용해왔다는 광고 요청이 없었어. 다른 요청 건수도 적었다고 해. 외모가 일본인 그 자체였고 야마구치라는 성도 미국인 같지 않으니까."

"그게 뭐야? 인종차별 같잖아."

"같은 게 아니라 완전히 인종차별이지. 광고회사는 그런 의도는 없었다고 부정했지만. 어쨌든 미국은 정말 절실하게 피겨스케이트 금메달을 원했어. 우승 후보인 슬루츠카야에게 금메달을 빼앗겼다면 어느 정도 납득하겠지만 예상에서 3위였던 아라카와, 그것도 일본 선수라니 분명히 분할 거야⋯⋯." 아저씨는 싱글싱글 웃었다. "나는 오랜만에 묵은 체기가 다 내려간 것 같아."

나는 얼굴을 찡그렸다.

"사람들이 애써 축하까지 해주는데 그렇게 투덜거릴 필요까지는 없잖아?"

"뭐, 그야 그렇지만."

얼마 후 시합이 시작되었다. 아주 위쪽에서 스타트하기 때문에 관중석에서는 보이지 않는다. 바로 앞에 모니터가 있어 내려오는 선수의 모습이 보인다.

이윽고 선수가 육안으로 보였지만 그래도 너무 멀다. 게다가 안개까지 끼었다.

현지까지 왔는데 결국 모니터만 주시하는 모양새이다. 선수가 골인할 때마다 각국 응원단이 종을 쳐대며 소동을 피운 덕분에 그래도 생생한 느낌은 맛볼 수 있었지만.

몇 명인가 내려온 후 모니터에 어떤 문자가 나왔다. 그것을 읽은 아저씨가 비명 같은 소리를 질렀다.

"아니! 코스텔리치가 기권했다네. 이게 뭐야? 뭐 때문에 여기까지 왔는지 모르겠군."

아저씨가 난리를 피우는 가운데 경기는 속행되었다. 미국의 맨쿠소라는 선수가 좋은 기록을 냈다. 당연히 미국 응원단의 열기가 하늘을 찌른다.

"USA! USA!"

이제 적당히 좀 하쇼.

그 후에도 속속 선수들이 내려온다. 코스가 어려운지, 컨디션이 나쁜지, 코스에서 벗어나는 바람에 기권하는 선수가 속출했다.

"이 정도면 히로이 선수는 어쨌든 완주해주길 기도해야겠네. 어떤 식으로든 순위를 남기는 게 중요해." 아저씨가 앓는 소리를 한다.

바로 그 히로이 선수가 등장. 우리는 잠자코 지켜본다. 그래도 이렇게 먼 데서는 잘 내려오고 있는지 전혀 알 수 없다. 물론 가까이서 본다고 잘 내려오고 있는지 해설할 수준도 아니지만.

아마추어가 보기에는 큰 실패 없이 완주. 우리 모두 나란히 안도의 한숨을 내쉰다.

"잘됐어. 다행이다. 이 컨디션이라면 2차 시기도 괜찮을 거야." 그렇게 말하고 아저씨는 자리에서 일어났다.

"어? 벌써 가?"

"알파인 경기장을 체험했으니 목적 완수. 결론을 말하자면 여기 앉아 있을 이유가 없어. 스키 선수는 보이지 않지, 응원하는 기분이 안 나네."

사실 맞는 말이다. 구로코 군이 머뭇거리고 있어서 "알았어. 돌아가자" 하고 나도 동의했다.

전반이 끝나는 것도 기다리지 않고 경기장을 뒤로했는데 그런 사람들이 우리 말고도 많았다. 응원하던 선수가 도중에 기권했는지도 모른다.

경기장 밖에도 사람들이 많았는데 문 연 가게가 적어 어디에도 잠시 쉴 곳이 없었다. 바 한 군데를 간신히 발견했지만 사람이 가득 들어차 자리를 확보하는 것도 언감생심이다. 게다가 화장실도 없다.

맥주를 한 잔 마시고 가게에서 나왔다. 버스정류장을 향해 걷다가 화장실을 발견했지만 유료이다. 30센트나 내란다. 물론 그렇다고 깨끗한 것도 아니다. 아저씨가 투덜댄다.

용무를 마치고 본격적으로 버스정류장을 찾기 시작했지만 찾을 수가 없다. 표시대로 분명히 걸어왔는데, 발견한 버스는 우리 목적지인 올룩스에는 가지 않았다. 먼저 버스에 타고 있던 남자들이 뭐라고 떠드는데 의미를 전혀 모르겠다.

우왕좌왕하는 우리 옆에서 어떤 나라의 여자도 우왕좌왕하고 있다. 그녀도 우리를 의식한 듯하다. 아저씨가 다가가 올룩스에 가는 버스를 찾느냐고 물었다. 그녀는 그렇긴 한데 못 찾았다고 대답한다.

구로코 군과 상담해 일단 표시와는 반대 방향으로 가보기로 했다. 우리가 걷기 시작하자 그 외국인 여성도 조금 거리를 두고 따라온다.

얼마 안 가 앞쪽에 버스정류장 같은 것이 나타났다. 그걸 보고 아저씨는 분개했다.

"경기장에서 나오자마자 이쪽 방향으로 걸어오면 훨씬 가깝잖아. 왜 굳이 사람을 멀리 돌아오게 만드냐고!"

"하하하. 이건 올림픽 운영자 측의 음모예요. 셔틀버스에 사람이 쇄도하는 것을 막기 위해 일부러 우회시키는 거죠."

"그럼 그거라도 표시를 제대로 해야지!"

"이탈리아인에게는 이 정도가 최선 아닐까요?" 구로코 군은 이제 아무것도 기대하지 않는 말투다.

버스정류장에 서 있던 스태프 점퍼를 입은 할아버지가 올룩스행 버스의 정류장을 알려주었다. 거기에는 엉터리 글씨로 쓴 시간표가 붙어 있었다. 스태프 할아버지는 종이 위 한 곳을 가리키면서 이걸 타라고 한다. 친절한 건 고마운데 그 버스는 이미 한 시간 전에 출발했다. 아저씨가 그게 아니라 이걸 타야 하는 거 아니냐며 십 분 후에 오는 버스 편을 가리키자, 할아버지는 잠시 생각하더니 그래 그 버스야, 하며 이해 간다는 표정을 지었다. 도움이 되는지 아닌지 알 수 없는 스태프 할아버지였다.

조금 전까지 우리를 따라 걷던 외국인 여성은 목적을 이룬 덕인지 그 뒤로는 우리에게 다가오지 않았다. 뭐, 정체를 알 수 없는 동양인 세 명과 어울릴 이유가 없겠지.

드디어 온 버스를 타고 올룩스 역으로. 밀라노행 전차가 곧 왔기 때문에 갈아탄 다음, 포르타수사 역에서 내렸다. 포르타누오바와 나란히 토리노의 중심 역이다.

택시를 타고 메달플라자로 향한다. 여기서는 매일 시상식을 하고 있다. 시상식 후에는 유명 아티스트가 나오는 콘서트가 열린다고 한다. 들어가는 데는 당연히 티켓이 필요하고 이미 대부분 배포를 마친 상태이다. 당일권 같은 게 있는 듯한데 그걸 손에 넣으려면 순번표를 받는 단계부터 줄을 서야 한다. 우리는 바깥에서 보고 그냥 넘어가기로 한다. 울타리 너머로 보는데 그저 광장 같은 느낌이다. 밤이 되면 불이 켜지도록 장치가 되어 있을 것이다.

올림픽스토어라는 올림픽 공식 굿즈를 파는 가게도 있어서 가보기로 했다. 가설 건물 같은 곳인 데다 입구도 멀다. 게다가 비까지 내렸다.

편집부 사람들에게 선물을 사가야 하는 구로코 군은 재빨리 들어가 상품을 고르기 시작한다. 나와 아저씨도 뭔가 마음에 드는 물건이 없을까 골라본다. 피아트 로고가 들어간 봅슬레이 모형이 장식되어 있는데 심하다 싶을 만큼 올림픽 굿즈 전문점스러운 분위기이다. 게다가 무척 붐볐다.

그러나 기분이 좋았던 것은 거기까지이고, 판매 물품을 보자마자 기분이 점점 가라앉았다.

"제대로 된 게 하나도 없네." 아저씨가 솔직한 감상을 흘린다. "장사할 마음이 있는 거야? 광고 에이전시는 무슨 생각을 한 거지? 아주 한몫 벌 기회인데."

이번만은 나도 아저씨와 동감이다. 트레이닝복이나 스웨터 모두 촌스러운데 비싸다. 피겨스케이트나 아이스하키 같은 인기 종목의 키홀더와 핀 배지는 전부 매진된 상태. 남은 것은 별 볼 일 없는 디자인의 머그컵, 이것도 저것도 아닌 티셔츠, 꼭 여기서 사지 않아도 되는 공구 등 어쨌든 살 맘이 생기는 게 전혀 없다.

그래도 구로코 군은 바구니 한가득 물건을 넣어왔다. 뭘 골랐느냐고 내가 물었다.

165

"아, 그러니까 키홀더, 핀 배지, 타월, 티셔츠……" 구로코 군이 바구니 안을 보면서 대답했다. "거기에 초콜릿도 있고요. 나머지는 소소한 것들요."

"소소한 것들?"

"그렇게 표현할 수밖에 없는 물건이에요. 좀 더 괜찮은 게 있을 줄 알았는데요." 실망한 것은 구로코 군도 마찬가지다.

올림픽스토어를 나와 포르타누오바 역을 향해 걷는다. 아저씨는 술집 여자들에게 줄 선물을 사고 싶다고 말하고 있다.

"싸고 인상적이면서 고맙다는 말까지 들을 수 있는 게 좋은데."

이런 뻔뻔스러운!

백화점에 들어가보고 상점가도 어슬렁거려본다. 아저씨가 마을 양장점 같은 분위기를 풍기는 가게를 발견했다. 세일한다는 팻말이 마음에 든 모양이다.

"이 가게가 좋겠다. 잘난 척하지 않는 게 마음에 들어. 가격도 이상적이고. 내일, 사러 오자."

아저씨는 그 가게에 '전당포'라는 별명을 붙였다. 놓여 있는 물건에서 어쩐지 중고품 같은 냄새가 났기 때문일 것이다.

올림픽 굿즈를 팔고 있는 가게를 여기저기 둘러본다. 구로코 군은 그런 곳을 하나씩 하나씩 열심히 봤지만 찾는 물건이 없는 모양이다.

"피겨스케이트 관련 굿즈는 아무리 찾아도 없어요." 그가 말했다.

"역시 인기 종목이네요. 굿즈의 판매 정도를 보면 어떤 종목이 인기 있는지 금방 알 수 있어요. 아이스하키, 스노보드도 잘 팔리네요.

안 팔리는 건 썰매 종목. 특히 루지는 어디나 남아돌아요. 의외로 스키점프도 잘 안 팔리네요."

"미국인이야." 아저씨가 말한다. "이런 거 좋다고 사는 사람들은 미국인이야. 그래서 미국이 좋은 성적을 내지 못하는 종목은 인기가 없어서 남아 있는 거라고."

이번 여행으로 아저씨는 완전히 미국인이 싫어진 모양이다. 예의 "USA! USA!"가 신경을 거스른 모양이다.

포르타누오바 역에서 마누엘라 씨가 기다리고 있었다. 오늘은 피에몬테 주의 향토 요리를 즐길 수 있는 파티가 있다고 했다.

택시를 타고 피에몬테 미디어센터로 간다. 입구에서 아주 엄격한 보안 검사를 받고 안으로 들어간다. 선 채 와인을 마시고 있는데 어떤 부부가 말을 걸어왔다. 우리가 일본인이라는 것을 알자 피겨스케이트 얘기를 꺼내며 멋졌다고 얘기한다. 역시 피겨스케이트 금메달은 영향력이 크다.

아저씨에 대해 이리저리 캐묻더니 토리노는 어땠냐고 물었다. 아저씨는 조금 곤란한 표정으로 "비가 많이 내린다"라고만 대답했다. 조금 더 성실하게 감상을 얘기할 수 없었을까. 상대도 마누엘라 씨도 쓴웃음을 짓는다.

"겨울이라 어쩔 수 없어요." 부인이 아저씨에게 말했다. "여름에 오세요. 여름이면 날씨 좋은 날이 많으니까."

두 번 다시 토리노에 올 생각 따위 없는 아저씨는 적당히 맞장구를 친다.

자리에 앉자 그날의 요리가 나왔다. 메인 요리는 장어였다. 마누엘라 씨는 그다지 좋아하지 않는 모양이다. 일본의 장어구이는 마음에들 거라고 구로코 군이 알려주었다.

와인을 마시면서 식사를 하는데 어디선가 수염을 기른 신사가 왔다. 아저씨를 보고 있다.

"당신이 히가시노 게이고인가?"

아저씨, 놀란다. 당연한 일이다. 이런 곳에 외국인 지인이 있을 리없다.

"베송의 영화 스토리를 쓴 사람이지?"

신사의 말에 두 번째 놀란다. 그런 것까지 알고 있나?

"뤽 베송이 〈비밀〉을 리메이크한다는 이야기가 있었는데 그 정보가 이런 데까지 흘러오다니." 아저씨가 구로코 군에게 말했다.

"아스티관광국 사람이 알려줬겠죠."

수염의 신사는 방송국 사람인 듯 아저씨에게 인터뷰를 해달라고청했다.

아저씨는 노, 라고만 말했다. 수염의 신사, 조금 의외라는 얼굴로물러났다. 설마 거절당하리라고는 생각지 못한 모양이다.

식사 후에 일찌감치 물러나기로 했다. 오래 있으면 이번에는 어떤인물이 다가올지 알 수 없다.

포르타누오바 역까지 걸어가 마누엘라 씨와 함께 전차를 타고 아스티로 돌아왔다. 아스티에서는 마누엘라 씨의 언니가 기다리고 있었다. 우리를 차로 호텔까지 데려다주겠다고 해서 그 말에 따랐다.

25일. 아침 7시에 파울로가 데리러 왔다. 이걸로 나흘 연속 장거리 드라이브이다. 이미 서로 익숙해져 차 안에서도 모두 편안한 분위기이다.

오늘의 관전 경기는 바이애슬론. 마지막 관전이다. 생각해보면 이번 기획에서 처음 취재한 종목이 바이애슬론이다. 인터뷰한 메구로 가나에 선수가 분투하는 모습은 나도 아저씨도 결국 보지 못했다. TV에서는 바이애슬론을 중계하는 일이 적고, 가끔 하더라도 외국 방송을 그대로 보여주는 수준이라 하위권인 일본인 선수가 나오는 경우는 거의 없기 때문이다.

오늘은 드디어 메구로 선수를 볼 수 있을까 기대했지만 유감스럽게도 출전하지 않는 모양이다. 바이애슬론에도 여러 종목이 있는데, 오늘 경기는 이번 대회부터 새 종목이 된 '매스스타트'라는 것이다. 보통은 한 사람씩 시간차를 두고 출발하는데 매스스타트에서는 일제히 출발해 먼저 골인하는 사람이 이긴다. 아주 간단한 시스템이다. 남자는 15킬로미터, 여자는 12.5킬로미터를 달리는데 동시에 출발하므로 선수를 많이 출전시킬 수 없다. 남녀 모두 이번 올림픽의 메달리스트와 월드컵 상위 랭킹 선수 중 서른 명에게 참가 자격을 준다. 일본에서 참가 자격을 얻은 것은 이번 올림픽 남자 20킬로미터 종목에서 14위에 오른 스가 교지 선수 단 한 사람이라고 한다.

어쩔 수 없이 남자 시합만 보기로 했다.

오늘 경기장은 체사 산시카리오라는 곳. 도중에 루지 경기장 옆을 통과한다. 이걸로 토리노 올림픽의 경기장을 모두 본 셈이다.

경기장 가까이에 가자 역시 도중에 택시에서 내리게 한다. 여기서부터는 걸어가란다. 어쩔 수 없이 걷기 시작하는데 생각보다 멀다. 게다가 길에 눈이 남아 있어서 걷기가 무척 힘들다.

생각보다 사람이 많구나, 하고 생각했는데 보안 검사 게이트 앞에 이제껏 경험하지 못한 긴 줄이 늘어서 있었다. 게다가 사람들 표정에 한껏 흥분한 기색이 있다.

"오늘 시합, 엄청 인기 있나 봐." 아저씨가 말했다.

"그런 것 같은데요." 구로코 군이 동의했다. "이제까지와는 공기가 확연히 달라요. 열기가 있습니다. 야구나 축구 경기를 보러 온 것 같아요."

이 인상은 그 후에도 변하지 않았다. 관중석으로 향하는 도중에 선수들의 워밍업장소가 있었는데, 그곳을 보는 관객들의 얼굴은 패독 경마에서 경주가 시작되기 전에 말들이 모이는 곳을 바라보는 경마인의 얼굴이었다. 관중석도 어딘가 차분하지 못하다. 가만히 앉아 있는 사람이 적다. 벌써 깃발을 휘두르는 사람도 있다. 흘러나오는 음악에 맞춰 노래를 부르는 사람도 있다.

또 하나, 지금까지의 관전 상황과 완전히 다른 점이 있었다. 미국 응원단이 거의 보이지 않는다는 것이었다. 선수 리스트를 보니 출전하는 미국인은 한 명뿐이다. 게다가 하키넨이라는 성은 누가 봐도 북유럽계이다. 이렇다면 미국인이 굳이 응원하러 올 이유가 없을지 모른다.

그런 말을 해봐야 일본인 역시 우리뿐이다. 주위 사람들은 왜 여기

바이애슬론

동양인이 있지 하는 심정일 것이다.

바이애슬론은 사격과 크로스컨트리를 모두 해야 하는 가혹한 스포츠이다. 사격에서 못 맞춘 만큼 패널티루프라고 부르는 150미터짜리 코스를 더 달려야 한다. 우리 자리에서 표적은 거의 보이지 않지만 이 코스는 바로 앞에 있다.

"스가 선수의 사격 컨디션이 나쁘면 달리는 모습을 실컷 보겠군." 아저씨가 불길한 소리를 해댄다.

서른 명의 선수가 나오자 분위기는 점점 더 뜨거워진다. 그 분위기를 장내 아나운서가 더 부채질한다. 종에 피리에 박수에 환호, 이보다 더 소란스러울 수는 없다.

총소리와 함께 스타트. 우선 서른 명의 선수가 크로스컨트리 한 바퀴에 도전한다. 상위 선수일수록 스타트 위치가 앞쪽이기 때문에 이 시점에서 이미 스가 선수는 뒤처진 느낌이다.

선수들 모습은 장내 아나운서가 전해준다. 대략 이런 느낌이다.

"비에른달렌과 안드레센, 노르웨이 선수들이 빠르네요. 독일의 그라이스가 그 뒤를 쫓고 있습니다. 아아! 폴란드가 추격하고 있어요! 토마시 시코라입니다. 그라이스를 추월해 노르웨이 선수들을 쫓고 있습니다."

우리 옆에 있는 뚱뚱한 아줌마는 그라이스의 이름이 나올 때마다 소리를 지르며 깃발을 흔들어댄다. 열혈 팬인 모양이다.

"그러고 보니 메구로 가나에 선수가 얘기했지. 유럽에서는 바이애슬론이 인기 종목이라고. 강한 선수에게는 팬클럽도 있다고 했잖아."

아저씨가 말했다.

"그래서 자신들도 조금 더 성원받고 싶다고 했지."

"이걸 보니 그렇게 느끼는 것도 당연하겠다는 생각이 드네."

크로스컨트리 첫 번째 바퀴가 끝나고 상위 선수들이 돌아왔다. 관객이 모두 기립했다. 장내 아나운서 말대로 노르웨이 선수들이 강하다.

드디어 사격을 하는 때가 되니 화려한 BGM이 흘러나온다. 〈캐리비언의 해적〉음악 같다.

물론 실제로 사격이 시작될 즈음에는 음악이 꺼진다. 관객들도 조용해진다. 그 대신 선수가 방아쇠를 당길 때마다 환호성이 인다. 물론 적중하기 때문이다. 못 맞추면 "오우!" 하고 탄식이 흐를 뿐이다.

첫 사격에서 상위권은 표적을 못 맞추는 사람이 거의 없다. 사격은 한 번에 다섯 발씩, 총 네 차례 실시하는데 처음 두 번은 엎드려서 쏘고, 다음 두 번은 서서 쏜다. 아무래도 총을 고정하기 쉬운 엎드려쏴 자세일 때가 적중률이 높다. 이 이야기는 동전교에서 배운 것이다.

첫 번째 엎드려쏴에서 스가 선수는 한 발을 놓친다. 뭐, 이 정도는 어쩔 수 없다. 다음에는 최선을 다해주길 바란다.

레이스는 독일과 노르웨이의 싸움에 폴란드가 끼는 형태로 진행된다. 옆자리 아줌마, 미친 듯이 성원을 보낸다. 그런데 이게 웬일, 독일이 사격에서 실수했다.

아줌마, 세상 다 끝난 것처럼 실망하며 털썩 의자에 주저앉는다.

한참동안 노르웨이와 폴란드의 싸움이 계속된다. 그런데 노르웨이가 다음 사격에서 실수를 한다. 게다가 그다음 사격에서는 폴란드가 놓쳤다. 드디어 독일이 1위로 오른다.

침울해 있던 독일 아줌마는 "좋았어!" 하며 부활한다. 일어나 깃발을 흔들고 소리를 지른다. 안경이 비뚤어져 있는데 그런 건 상관도 하지 않는다.

장내 아나운서가 접전 상황을 전한다. 그 소리를 듣고 있으면 우리와는 전혀 관계없는데도 가슴이 두근거린다. 바이애슬론은 정말 잘 만들어진 레이스이다. 인기 있는 것도 이해가 간다.

독일이 1위로 경기장에 들어왔을 때에는 관중석의 열기가 최고조에 달했다. 독일 아줌마, 저러다가 실신할 것 같다.

결국 독일의 그라이스가 우승, 폴란드가 2위. 겨우 만회한 노르웨이가 3위.

스가 선수는 패널티루프를 계속 돌고 있다. 두 번째 엎드려쏴에서는 모두 명중해 장내 아나운서도 "앗! 일본의 스가도 노 미스입니다!"라고 언급해줬지만 볼거리는 거기까지였다. 세 번째 사격에서 세 발이 벗어나 패널티루프를 세 바퀴나 돌아야 했던 것이 뼈아팠다.

거의 전원이 골인한 후, 스가 선수는 한발 늦게 경기장에 들어왔다. 한 사람이 더 있는지 "두 선수의 골인을 기다리겠습니다"라고 장내 아나운서가 말했다. 객석에서는 따뜻한 박수가 나왔다. 비뚤어진 아저씨는 어떻게 느꼈는지 모르겠지만 나는 그걸 동정이라고 생각하지 않았다. 바이애슬론이 인기 스포츠라고 해도 세계에서는 마이너한 경기이다. 그런 경기에 극동의 섬나라에서 참가한 것이다. 성적이 나쁘다고 우습게 보지는 않는다. 스모에 도전한 외국 선수를 보는 눈과 같지 않을까.

어쨌든 재미있는 경기였다. 그 점은 아저씨도 구로코 군도 동의할 것이다.

"TV에서 좀 더 중계해주면 좋겠어요."

"그러려면 일본이 좀 더 강해져야지. 중계를 해주지 않으니 경기에 대한 이해도 적고 좋은 선수가 나오지 않는 악순환이 계속되고 있지만."

스가 선수의 건투를 칭찬하면서 경기장을 뒤로했다. 오늘도 버스 정류장까지는 멀다. 눈길에 내리막길이라 갑절은 힘들다.

"관객에게도 크로스컨트리 기분을 느끼게 하려는 배려일까요?" 구로코 군이 투덜댄다.

어제와 마찬가지로 버스를 타고 올룩스로. 거기서 전차로 갈아타고 포르타누오바로 향했다.

역 근처 피자가게에서 점심을 먹고 선물을 사러 간다. 행선지는 어제 아저씨가 점찍어둔 '전당포'이다. 안으로 들어가자 아저씨는 배낭을 내리고 의심스럽게 보는 여성 점원에게 말을 건다. 그러고는 진열장에 있던 백과 지갑 등을 죄다 구입한다. 도대체 어디서 이런 부자가 왔나, 그런 분위기이다. 사실은 그리 비싸지 않은 것들이다. 밀라노의 명품관에서 이런 짓을 했다면 확실히 비용은 열 배가 넘게 들었을 것이다.

아저씨는 카드로 계산하려고 했다. 그런데 폼을 잡으면서 꺼낸 아멕스카드의 사용기한이 지났다. 머리를 긁으며 비자카드를 꺼내 간

175

신히 부끄러움을 최소로 줄였다.

가게를 나와 역으로 향하는 아저씨의 모습은 이상하다. 아웃도어용 방한구에 배낭을 멨는데 두 손에는 양장점 쇼핑백이 들려 있다. "소매치기 조심해야 해"라고 말은 했지만 아무도 다가오려 하지 않는다.

호텔로 돌아와, 저녁을 먹기 전에 구로코 군의 방에서 남자 슬라롬 종목을 관전하기로 했다. 이미 1차 레이스가 끝났는데 미나가와 선수가 3위에 올라 있는 게 아닌가. 사사키 아키라 선수도 8위라서 아직은 메달을 기대할 수 있다. 또 한 사람, 유아사 선수도 17위로 건투하고 있다.

2차 레이스는 1차의 30위 선수부터 거꾸로 시작한다. 이때 선수들은 일발 역전을 노리고 모 아니면 도인 활강을 한다. 당연히 실패도 많아진다. 실격되거나 기권하는 선수가 속출한다.

일본팀에서는 유아사 선수가 제일 먼저 스타트. 과감하게 진격한다. 이미 많은 선수가 실수한 기문을 통과하다가 균형을 잃고 엉덩방아 찧는 자세가 되었다. 그러나 위기를 견뎌내고 스피드를 더 올려 중간 기록은 이제까지 출전한 선수 중 단독 1위. 그대로 골인. 멋지게 1위로 도약했다.

"굉장한데!" 아저씨가 흥분하기 시작했다. "이 기록은 굉장해. 입상할 수 있겠어."

아직도 십여 명이나 남아 있으니 분명히 이른 감은 있었지만 아저씨의 예상은 옳았다. 선수들이 조금 신중해졌는지 유아사 선수만큼

176

모험하지 않는다. 그 결과, 1차 레이스 11위인 코스텔리치에게 추월당하기 전까지 유아사 선수의 기록이 보드 제일 위를 장식하고 있었다. TV 아나운서도 일본 선수의 건투에 놀랐는지로 유아사, 사사키, 미나가와라는 이름을 빈번하게 댄다. 참고로 해설자는 이탈리아의 영웅 톰바이다.

자, 이번에는 사사키 아키라 선수다. 미나가와 선수가 3위에 올라 있고 유아사 선수도 건투한 덕분에 오랜만에 슬라롬 종목에서 일본인 입상이 점쳐지고 있다. 그렇다면 사사키 선수에게 꼭 한 방을 부탁하고 싶다.

실패해도 좋으니까 달려나가! 우리는 TV를 보며 소리를 질렀다.

그게 나빴는지도 모른다. 사사키 선수는 출발 직후에 기문을 통과하지 않는 실책을 저지르고 말았다. 아저씨, 크게 한숨을 쉰다.

"어쩔 수 없지. 사사키 선수는 메달을 못 따면 의미가 없다고 생각했겠지."

사사키 선수와 공동 8위였던 선수는 유아사 선수의 기록을 밑돌았다. 7위 쉰펠더는 유아사 선수를 0.3초 정도 앞질렀다. 이 시점에서 유아사 선수는 3위로 떨어졌다. 더는 내려갈 곳이 없다고 생각했는데 6위 선수에게도 추월당해 4위. 각오는 했지만 역시 유감이다.

그러나 1차 레이스 5위였던 캐나다 선수가 실수를 해서 유아사 선수보다 아래로 떨어졌다. 남은 것은 네 명이다. 그중 한 명이 미나가와이므로 이 시점에서 일본인의 입상이 확정되었다.

1차 레이스 4위 헤르프스트, 좋은 활강을 하여 1위로 도약한다.

177

자, 여기서 미나가와 선수가 등장했다. 아저씨는 기도하기 시작한다.

"일단 실수하지 않게, 완주하도록, 기록은 나중에 따라오니까."

보는 사람마저 이렇게 수비에 급급하게 되는 상황이니 선수 본인은 얼마나 압박감이 클까. 미나가와 선수의 활강, 지나치게 신중하지만 무리도 없다고 생각했다.

그래도 후반에는 속도를 올려 골인. 3위에 오른다. 일단 실낱같은 희망이 남았다.

이렇게 되면 우리가 바라는 건 하나뿐이다.

실수해라, 굴러! 코스에서 벗어나라…… 남은 선수에게 온갖 저주의 말을 쏟아붓는다. 그것이 통했을까. 1차 레이스 2위였던 칼레 팔란데르가 기문을 놓치고 만다. 우리의 열기가 확 높아진다.

"이거 이거 앞이 보이는데. 메달 가능성이 있어. 이 녀석만 넘어진다면……."

아저씨가 '이 녀석만'이라고 한 사람은 오스트리아의 라이히였다. 스포츠의 신성함을 모독하는 일인지는 모르겠으나 나도 라이히가 실수하기를 진심으로 기원했다.

그러나 기적은 계속되지 않는다. 라이히는 첫 번째 저금이 있으니 저렇게 빨리 달리지 않아도 괜찮지 않냐고 묻고 싶을 정도로 달려 2위와 1초 가까운 차이를 두고 골인. 우리를 한숨 쉬게 했다.

"미나가와가 4위이고, 유아사가 7위인가. 입상자가 둘이라. 입상한 나라는 메달을 독점한 오스트리아 이외에 스웨덴과 크로아티아, 그리고 일본밖에 없어. 이것만 보면 슬라롬 종목에서 일본은 아주 홀

룽한 알파인 강국이야. 그야말로 획기적이라 할 수 있는 좋은 성적이지. 그리고……."

아저씨의 주절대는 소리를 들으면서 나는 마음속으로 중얼거렸다. 아마 구로코 군도 마찬가지였을 것이다. 너무 아깝다. 정말 아깝다…….

26일은 아스티관광국 사람에게 마을 안내를 받은 후 점심식사를 얻어먹었다. 교외에 있는 로칸다 델 산투피치오라는 레스토랑이다. 명물 요리는 프리토미스토. 쉽게 말하자면 믹스 프라이이다. 송아지 내장 같은 것을 사용한 모양으로, 일본인을 놀라게 하려 했나 본데 갈빗집에서 종종 소의 내장 종류를 구워 먹는 우리가 놀랄 리 없다. 게다가 아저씨는 곱창구이로 유명한 지역 출신이다.

그건 그렇고 이쪽 사람들도 아주 잘 먹는다. 계속 먹는다. 게다가 단것도 많다. 그래서 뚱뚱한 건 아닐까 생각했지만 입 밖으로 꺼내진 못했다.

식사 후 아스티 시내의 알피에리 광장으로 돌아와 일요 시장 같은 것을 구경한다. 그러나 구경할 만한 물건은 없다. TV나 비디오 리모컨, 자동차 핸들, 불상의 머리 부분…… 이런 식이라 아무리 봐도 쓰레기더미이다. 유일하게 괜찮았던 건 아주 고가로 보이는 명품 백인데 비닐 시트 위에 아무렇게나 널브러져 있다. 게다가 파는 사람이 흑인이다. 이런저런 상상이 머릿속을 돌아다녔으나 일단은 노코멘트한다.

걸어서 호텔로 돌아왔는데 일요일은 호텔 레스토랑도 쉰다고 해서 놀랐다. 저녁을 먹기 위해 다시 광장으로 갔다.

27일, 우리 여행도 드디어 마지막 날을 맞았다. 이제는 너무 많이 본 것 같은 느낌을 주는 파울로가 데리러 왔다. 그동안 어땠냐고 묻기에 즐거웠다고 대답했다.

토리노 공항에 도착하자 자기 마을에서 만든 것이라며 파울로가 와인을 세 병 주었다. 이 싹싹한 크레이지 드라이버를 만나지 못하게 된다고 생각하니 조금 섭섭하다.

이탈리아에서 나가는 사람에게는 흥미가 없는지 출국 심사가 무척 허술했다. 무엇보다 짐을 벨트 컨베이어에 올리는 것도 셀프서비스였다. 어느 공항에서나 요구되는, 노트북을 가방에서 꺼내라는 철칙조차 아저씨는 무시했는데 아무 말도 하지 않았다.

토리노에서 뮌헨으로 가, 나리타행 비행기로 갈아탄다. 뮌헨에서는 조금 시간이 있어 탑승구 근처 가게에서 맥주를 마셨다. 그런데 그곳에 기무라 기미노부 씨가 나타나 서로 깜짝 놀랐다. 게다가 물어보니 같은 비행기가 아닌가.

당연히 남자 슬라롬 결과를 놓고 이야기꽃을 피운다.

"그런 일은 없을 거라고 생각하면서도 라이히가 넘어지기를 기도했습니다."

아저씨가 솔직히 고백하자 기무라 씨는 웃으면서 "나도 그랬는데요, 뭐" 하고 말했다.

"넘어져라, 넘어져 하고 마음속으로 기도했습니다. 2위 칼레 팔란 데르가 기문을 지나쳤을 때는, 해설자가 그런 단정적인 말투를 쓰면 안 되는데도 '지나쳤어요, 확실히 지나쳤습니다'라고 TV카메라에 대고 지껄였다니까요."

기무라 씨의 이야기가 거짓이 아니라는 건 귀국 후 동영상을 보고 확인했다. 기무라 씨는 확실히 단언했고 그 목소리는 기쁨에 떨리고 있었다.

"아까웠어요."

아저씨의 말에 기무라 씨는 고개를 끄덕이면서 쓴웃음을 지었다.

"정말 아까웠습니다. 그런 기회는 좀처럼 오지 않는데."

"하지만 입상자가 두 명이나 나오다니 대단하지 않습니까? 틀림없이 곧 메달을 딸 겁니다."

"그러면 좋겠는데요." 기무라 씨가 조금 복잡한 표정을 짓는다.

아저씨는 모른다. 바로 며칠 전, 기무라 씨를 만났을 때 메달 획득은 무척 어려운 일이라고 말해주지 않았나. 한 번 딸 뻔했다고 곧 따지는 게 아니다. 그렇게 쉬운 일이 아니라는 걸 기무라 씨는 뼈저리게 알고 있는 것이다.

비행기를 타자 기무라 씨가 우리 곁으로 왔다. 지인과 자리를 바꾼 모양이다.

슬라롬 결과에 대해 다시 조금 이야기 나눈다. 기무라 씨 눈에 우승자 라이히는 그렇게 빨리 달렸음에도 조금 자제한 것처럼 보였다고 한다.

181

"라이히 선수는 1차 레이스에서 1위를 할 마음은 없었을 겁니다. 그런데 1위가 되었기 때문에 상당히 기가 올랐겠죠."

우승하는 선수란 그런 것이구나, 감탄할 수밖에 없다.

"기무라 씨도 언젠가 국가 대표팀 감독이나 코치가 되실 날이 오겠죠?"

아저씨가 물었지만 기무라 씨는 고개를 갸웃한다.

"적어도 당분간은 없을 겁니다. 저는 아직 지도법을 배우는 단계입니다. 얼마 동안은 아이들을 가르치고 싶습니다."

과연! 명선수가 명감독이 되라는 법은 없다. 야구 같은 데서 자주 듣는 얘기이지만 결국 마음가짐과 각오의 문제라는 걸 기무라 씨의 말을 통해 깨달았다.

이 주일 이상 토리노에 머문 기무라 씨는 아무래도 피곤했던 모양이다. 아저씨도 피곤했고 나도 마찬가지다. 그 뒤로는 편안한 시트에 쓰러져 영화를 보면서 잠을 청했다.

일본 시각으로 28일 오후 1시. 우리는 열흘 만에 집에 왔다. 아저씨는 제일 먼저 목욕을 하고 싶다고 했고 나는 소파에 누워 지난 열흘을 반추했다.

즐거운 여행이었다는 것이 솔직한 감상이다. 이동거리가 엄청나서 같은 여행을 한 번 더 하라면 무조건 거절하겠지만 그래도 가길 잘했다.

선수들은 정말 대단하구나, 하고 다시 한 번 감탄했다. 그리고 올림픽이라는 것도 대단하다. 무엇보다 올림픽이 아니었다면 아저씨와 나는 그런 엄청난 스케줄을 소화하지 못했으리라. 올림픽을 보러 왔다는 것만이 우리의 에너지원이었다.

그런 생각을 하다 아무래도 잠이 든 모양이다. 정신을 차렸을 때는 아저씨가 귀를 잡아당기고 있었다.

"뭐 하는 거야?"

"너, 그 꼴이 뭐냐?"

"꼴?"

나는 내 손발을 보고 놀랐다. 옅은 갈색 털이 덮고 있다. 그러니까 고양이로 돌아온 것이다.

"아, 돌아왔다……."

"왜 돌아갔는데?"

"글쎄. 무슨 마법이 풀렸나 봐."

"마법이라고?" 아저씨는 소파에 앉아 담배를 물었다.

토리노에서는 끊었으니까 열흘 만의 흡연이다. 열흘이나 끊었으니 이번 기회에 완전히 끊으면 좋을 텐데.

"우리가 없는 동안에 사정이 여럿 바뀌었나 봐. 인터넷 보고 깜짝 놀랐어."

"바뀌다니?"

"우선 '이나바우어'가 유행어가 되었대."

"이나바우어?"

"아라카와 시즈카가 선보인 피겨스케이트 기술의 명칭이야. 그리고 팀 아오모리가 컬링 아가씨라는 별명을 얻으며 엄청난 인기라는 군. 컬링에 대한 관심도 또한 장난이 아니래."

"헤헤. 그럼 토리노 올림픽 덕분에 동계 스포츠가 조금 각광받은 모양이네?"

"글쎄다. 그건 모르겠다." 아저씨는 연기를 내뿜는다. "컬링이 주목받은 것은 메달 획득에 대한 희망을 놓는 데 다른 경기보다 시간이 오래 걸렸기 때문 아닐까. 메달리스트가 나오지 않는 상황에서 언론은 조금이라도 희망이 있는 종목을 다뤘을 테니까."

"그뿐만 아니라 선수들에게 스타성이 있었다고 생각해."

"물론 그렇지. 하지만 그것만으로는 스포츠의 인기를 유지할 수 없어. 예를 들어 방송국이 팀 아오모리가 나오지 않는 경기도 중계한다면 모를까."

아저씨는 담배를 끄고 다른 방에서 스노보드를 가지고 나와 왁스를 칠하기 시작했다.

"벌써 타러 가려고?" 내가 물었다.

아아, 하고 아저씨가 대답했다.

"겨울도 끝나가잖아. 우물쭈물하다가는 산에 눈이 몽땅 없어져."

아저씨의 말에, 나를 인간으로 바꿔놓은 것은 겨울의 마법일지도 모르겠다고 생각했다.

겨울은 사실 우리 동물들에게는 가혹한 계절이다. 체온을 빼앗기고 음식물이 줄어들고 이동수단이 제한된다. 그런 계절은 없는 편이 좋다고 생각하지만 그래도 많은 나라에 추운 겨울이 찾아온다. 매년,

매년, 어김없이 찾아온다.

우리 선조는 그런 겨울을 이겨내고 살아남았다. 그래서 그 뒤에 오는 봄 햇살에 고마워했다. 하지만 나는 어땠나. 난방 잘 된 방에서 편안히 살며 먹을거리에도 부족함이 없다. 북풍을 맞는 일도 눈을 맞는 일도 없다. 봄, 여름, 가을과 마찬가지로 배를 내밀고 소파에서 잠들면 그만이다. 야생성이라는 것을 완전히 잃어버렸다.

아니, 나만이 아니다. 아저씨도 마찬가지다.

달력을 보고 겨울이 왔다는 것을 알아도, 일본 어딘가에서 눈이 내리고 때로 재해가 일어나고 있다는 사실을 실감하지는 못할 것이다.

아저씨에게 그걸 깨닫게 하는 게 스노보드이다. 스노보드에 빠지면서 아저씨는 설국을 알았다. 아저씨는 일기예보를 체크하며 홋카이도와 니가타의 기후를 예상하는 게 취미인데, 최근 들어 눈보라와 대설, 눈사태 피해를 걱정하게 되었다.

겨울과 싸우며 살아간다…… 그 상징이 동계 스포츠일지 모른다. 그리고 그렇게 살아가는 것이 야생을 되찾는 일 아닐까. 겨울의 마법은 그것을 내게 알려주었는지 모른다.

6

한참 기분 좋게 자고 있는데 아저씨가 배를 밟았다.

"아이, 배 좀 밟지 마!"

"안 밟았어. 발끝에 닿았을 뿐이지. 게다가 넌 이제 인간이 아니야. 고양이로 돌아왔다고."

"고양이 배는 밟아도 된다는 법이 어디 있어? 동물학대라고!"

"시끄러워! 안 밟았다고 했잖아. 그리고 이제까지 처자고 있는 네 잘못이야. 벌써 정오가 지났다고. 정도껏 자고 일어나."

"아무리 그렇게 말해도 졸린 걸 어떻게 해. 시차적응이라는 거야. 토리노하고 여덟 시간이나 차이 나잖아."

"도대체 언제까지 시차에 적응할 셈이냐? 돌아온 지 며칠이 지났는데."

아저씨는 그런 말을 하면서 TV를 보고 있다. 피겨스케이트 경기가 방영중이다. 연기를 펼치는 사람은 물론 아라카와 시즈카이다.

"며칠이 지났다고 이야기해놓고 자기도 토리노 올림픽의 추억에 젖어 있으면서."

"별로 젖어 있지 않아. 오히려 머리가 너무 식어서 슬슬 객관적으로 이번 올림픽을 회상해야겠다고 생각하고 있지."

"회상이라." 나는 손발을 늘려 쭉 기지개를 켰다. 잇따라 하품이 나온다.

"의욕 없어 보이네."

"회상이라고 해봤자 재미있는 재료가 거의 없잖아. 일본의 성적은 처참했어. 중국과 한국도 금메달을 여러 개 땄는데. 사상 최다 선수단을 파견했으면서 메달은 아라카와의 금메달 하나. 선수단장마저 사과했을 정도로 정말 한심한 올림픽이었어."

"확실히 칭찬받을 내용은 아니지. 하지만 거기서 무언가를 찾아내는 게 중요해. 실패를 교훈으로 삼으면 언젠가 꿈은 이루어서. 포기했던 문학상을 타는 것처럼." 그렇게 말하고 아저씨는 실실 웃는다.

"뭐야? 자랑이야?"

"뭐, 조금쯤은 자랑 좀 하게 놔둬. 그편이 인간적이잖아. 그런데 너 지금 획득 메달 수 얘기를 했지. 그럼 중국과 한국을 따라 배워야 한다는 말이야?"

"그것도 한 가지 방법 아니야?" 내가 소파 위로 뛰어올랐다. "두 나라 모두 스케이트에 잔뜩 힘을 주고 있어. 한국의 쇼트트랙은 그야말로 일본의 유도에 버금갈 만큼 효자 종목이야. 일본과 체격 차이도 없는데."

"응. 확실히 한국의 쇼트트랙은 굉장했어. 금이 여섯 개, 은이 세 개, 동이 한 개인가. 하지만 말이야, 유메키치 너는 직접 토리노에 갔었어. 현지에서 한국의 강함을 느꼈어? 인상에 남았어?"

아저씨의 질문에 어깨를 으쓱했다.

"그야 못 느꼈지. 쇼트트랙을 안 봤잖아. 한국은 스피드스케이트에서도 동메달을 하나 땄는데 그것도 안 봤고."

"바로 그거야. 쇼트트랙을 안 봐서 한국의 강함을 전혀 느끼지 못했어. 하지만 우리가 관전한 종목 수는 적지 않았다고."

"적지 않기는커녕 너무 많았지. 컬링, 스키점프 단체전, 피겨스케이트 쇼트프로그램, 알파인보드 패러렐자이언트슬라롬, 여자 알파인스키 자이언트슬라롬, 바이애슬론…… 일본인 중에서 그렇게 관전한 사람은 없을 거라 단언할 수 있어. 아저씨가 스노보드를 타겠다고 하지 않았으면 더 봤을걸."

"그날은 이거다 싶은 종목이 없었어. 그건 그렇고 네가 지금 얘기한 종목에 한국 선수는 몇 명 출전했어?"

"그러니까." 나는 배의 지퍼를 열어 파일을 꺼냈다. 거기에는 이번에 관전한 종목의 선수 명단이 정리되어 있다. "일단 컬링에는 나오지 않았어. 스키점프 단체전은 13위. 여자 피겨스케이트도 없고. 알파인보드도 마찬가지. 여자 알파인스키 자이언트슬라롬은 나왔지만 33위. 바이애슬론은 물론 없고."

"내 말이 그거야. 말할 것도 없이 일본은 그 모든 경기에 선수를 출전시켰어. 출전했을 뿐만 아니라 세 종목에서는 입상도 했어. 피겨스케이트는 금메달이고."

"그렇긴 해도 참혹한 결과도 있잖아." 나는 알파인보드와 바이애슬론의 결과를 보고 절로 얼굴을 찡그렸다.

"확실히 안타까운 결과도 있어. 하지만 만약 그들이 나오지 않았다면 어땠을까. 알파인보드도 바이애슬론도 우리는 아마 관전하지 않았을 거야. 그들 덕분에 지금까지 보지 못한 경기를 접할 수 있었다는 생각은 안 해봤나?"

"그건 그렇지만."

"그럼 한국의 효자 종목인 쇼트트랙을 제외하고 토리노 올림픽을 돌아보자. 일본의 입상자는 이 정도지."

아저씨는 종이 한 장을 테이블에 놓았다. 거기에는 다음과 같은 리스트가 적혀 있었다.

남자 스피드스케이트 500미터

오이카와 유야 / 4위

가토 조지 / 6위

여자 스피드스케이트 500미터

오카자키 토모미 / 4위

오스가 사유리 / 8위

여자 스피드스케이트 팀추월

다바타 이시노 오쓰 네모토 세오 / 4위

남자 스피드스케이트 팀추월

나카지마 우시야마 스기모리 미야자키 / 8위

여자 프리스타일스키 모글스키

우에무라 아이코 / 5위

여자 크로스컨트리 팀스프린트

나쓰미 후쿠다 / 8위

남자 노르딕복합 단체

다카하시 기타무라 고바야시 하타케야마 / 6위

남자 피겨스케이트 싱글

다카하시 다이스케 / 8위

여자 피겨스케이트 싱글

아라카와 시즈카 / 1위

스구리 후미에 / 4위

여자 스노보드크로스

후지모리 유카 / 7위

스키점프 라지힐

오카베 다카노부 / 8위

남자 스키점프 단체

이토 이치노헤 가사이 오카베 / 6위

여자 컬링

오노데라 하야시 모토하시 메구로 데라다 / 7위

남자 알파인스키 슬라롬

미나가와 겐타로 / 4위

유아사 나오키 / 7위

"자, 대단하지 않아?"

"뭐가 대단해. 메달은 하나밖에 없잖아. 의외로 4위가 많네."

"그래서 하는 말인데 쇼트트랙을 제외한 한국 성적은 이래."

아저씨는 다른 종이를 한 장 내밀었다.

남자 스피드스케이트 500미터 / 3위, 8위

여자 스피드스케이트 500미터 / 5위

남자 스피드스케이트 1000미터 / 4위

"보면 알겠지만 전부 스피드스케이트 단거리야. 그 밖의 종목에서 입상자는 한 명도 나오지 않았어. 요컨대 한국에게 동계 올림픽은 쇼트트랙 세계대회나 마찬가지야. 다른 경기는 없는 거나 다름없지. 너, 일본도 이렇게 되었으면 좋겠냐?"

"음."

"나는 싫어." 아저씨는 손을 흔들었다. "이번에 일본의 메달은 하나밖에 없어. 하지만 입상자를 낸 종목 수에는 주목하고 싶어. 스피드스케이트와 크로스컨트리에 스키점프, 프리스타일스키, 게다가 알파인스키에서도 입상자가 나왔어. 이 점이 대단하다고 생각해. 아무리 메달을 많이 따더라도 하나의 경기밖에 즐기지 못한다면 나는 그런 올림픽은 보고 싶지 않아."

"쇼트트랙에만 주력하라는 말은 아니야. 한국을 따라 강화해야 한다는 거지."

하지만 아저씨는 고개를 저었다.

"그 결과 쇼트트랙에서 메달을 다소 딴다고 해도 그게 의미가 있어? 나는 메달 수만으로 올림픽 결과를 평가하는 건 틀렸다고 생각해. 이렇게 많은 종목에서 입상자가 나왔잖아. 다양한 종목에서 메달을 노리는 게 동계 올림픽을 즐기는 거 아니야? 좋은 예시가 여자 컬링이야. 선수들의 건투로 지금껏 컬링 같은 거 하나도 모르던 사람들이 얼마나 관심을 가지게 됐어? 그런 것들이 쌓여서 동계 스포츠, 동계 올림픽에 대한 주목으로 이어지는 거라고."

아저씨의 말이 웬일로 열기를 띤다. 정말로 동계 스포츠를 좋아하는구나. 뭐, 그게 아니라면 그토록 힘들게 올림픽을 관전하지는 않았겠지.

"하지만 실제로 메달을 따는 것은 힘들어. 4위까지는 가지만 말이야. 문턱에서 약해지는 게 일본인의 특징인가."

그렇게 말하자 아저씨가 무릎을 탁 하고 쳤다.

"바로 그거야! 나도 오랫동안 그렇게 생각했어. 기대하던 선수가 압박감에 무너져 실망한 게 한두 번이 아니니까. 하지만 그건 일본만의 일이 아니야. 예를 들어 이번 올림픽 때 이탈리아에서는 두 선수가 주목받았어. 여자 피겨스케이트의 코스트네르와 남자 슬라롬의 조르지오 로카. 그런데 둘 다 입상도 못 했어. 로카는 도중 기권이야.

그다음 날, 지역 관광국 사람과 식사를 했는데 근성이 없다고 성토하더라. 두 선수의 공통점은 각 종목에서 따로 기대할 만한 선수가 없다는 거야. 자신들로 끝인 거지…… 그런 생각이 본인에게 압박감으로 다가간다고."

"흐음." 나는 팔짱을 꼈다. "그 분석은 옳은 것 같아. 피겨스케이트 쇼트프로그램에서 코스트네르에게 쏟아지는 성원이 장난 아니었잖아. 그럼 힘도 들어가지."

"그 점을 기억하고 일본 성적을 다시 한번 봐. 4위가 아주 많은데 그것도 아주 굉장한 거야. 개인 종목 4위라는 걸 보고 어떤 생각이 들어?"

나는 조금 전의 리스트를 노려본다. 곧바로 고개를 젓는다.

"몰라."

"좀 제대로 생각할 마음이 있긴 한 거냐? 자, 잘 보라고. 개인 종목에서 4위에 오른 사람이 네 명이야. 그리고 그 종목에는 다른 입상자가 한 명씩 더 있어."

나는 리스트로 눈길을 떨어뜨렸다.

"진짜다!"

"그러니까 두 명, 세 명의 간판 선수로 도전할수록 결과가 좋아진다는 얘기야. 코스트네르도 로카도, 입상을 노리는 동료가 한 명만 더 있었다면 본선에서 그런 실수는 안 했을 거야."

"음. 그거 어떤 데이터 같은 거 없을까?"

그러자 아저씨는 손가락을 튕겼다.

"그런 생각이 들어서 과거에 일본이 메달을 땄을 때 기록을 정리해봤어. 그랬더니 아주 재미있는 사실을 알게 됐지."

아저씨는 또 새로운 서류를 꺼낸다. 소설은 안 쓰고 도대체 무슨 조사를 하고 있었던 거야, 라고 말하고 싶었으나 이것도 일인 것 같으니 그냥 놔두자.

"일본의 1호 메달은 이가야 지하루 선수가 땄는데 오십 년 전이니까 예외로 하자. 일본이 본격적으로 동계 올림픽에 나선 건 삿포로 올림픽부터야. 금·은·동 독점이라는 큰 사건이 있었지."

"또 그 얘기야?" 나는 지긋지긋해 귓등을 긁었다.

"입 다물고 들어. 가사야, 곤노, 아오치가 나란히 선 장면은 정말 볼만했지. 하지만 그 선수들만으로 국가 대표팀이 성립된 것은 아니라는 점을 놓쳐선 안 돼. 70미터급의 1차 시기가 끝났을 때, 사실 일본은 1위에서 4위까지 독차지하고 있었어."

"응, 4위?"

"또 한 사람, 후지사와라는 선수가 있었어. 그 역시 메달을 노릴 정도로 실력자였어. 그런 선수가 네 번째로 준비됐기 때문에 다른 사람이 과감하게 날 수 있었다고 생각해."

아저씨는 계속 말했다.

"1980년 레이크플래시드 올림픽에서는 야기 히로카즈가 70미터급에서 은메달을 땄고, 아키모토 마사히로는 4위였어. 가령 야기가 실수했다고 해도 아키모토가 동메달을 땄다는 소리지. 그 이후 개인이 메달을 딴 경우를 검토해보면……."

아저씨는 서류를 펼쳤다.

"1984년 사라예보 올림픽에서는 기타자와 요시히로가 남자 스피드스케이트 500미터에서 은메달을 땄어. 당시 기타자와는 아무도 주목하지 않은 선수였지. 사람들이 관심을 둔 사람은 세계스프린트를 제패하던 구로이와 아키라였고. 그런데 구로이와가 본선에서 실수를 했어. 일본이 모두 낙담하고 있는데 기타자와가 모두를 놀라게 할 경기를 펼쳤어. 다음 날 신문에는 '복병 기타자와, 500미터에서 은메달'이라는 헤드라인이 등장했지."

"어, 이번 올림픽 때 가토랑 오이카와의 관계와 비슷하네."

"맞는 말이야. 금메달을 기대한 가토가 실패했다는 이미지가 강했지만, 사실 일본 스피드스케이트 역사상 첫 메달 자체가 날아간 거지. 기대하던 스타 선수가 본선에서 실패하는 건 일본뿐 아니라 어느 나라에서나 있는 일이야. 그래도 강한 나라가 메달을 따는 건 두 번째, 세 번째로 메달을 노리는 선수가 있기 때문이야. 이번 올림픽 알파인복합1회전은 다운힐, 2회전은 슬라롬으로 진행되는 알파인스키의 세부 종목에서 미국의 에이스인 보드 밀러는 다운힐 1위에 올랐어. 그대로 우승할 거라 생각했는데 슬라롬에서 기문을 놓치는 말도 안 되는 실수를 하는 바람에 금메달이 날아갔다고 봤지. 그런데 슬라롬이 장기인 테드 리게티가 다운힐 22위를 딛고 대역전 끝에 우승, 미국은 이십이 년 만에 남자 알파인 종목에서 금메달을 땄어."

"일본도 남자 슬라롬 종목에서 입상한 선수 중에 에이스라 불리던 사사키 선수는 없어."

"사사키 선수가 본인에게 기대가 집중되어 힘들었을 거라고 생각해. 하지만 그만큼 미나가와 유아사 선수가 힘을 발휘할 수 있었던 거지."

"금메달을 기대할 수 있는 뛰어난 선수가 한 명 있는 것보다 상위 입상을 노릴 수 있는 선수가 두 명 이상 있는 게 낫다는 소리야?"

"그렇지! 그런 성공 사례는 그 외에도 많아. 1992년 알베르빌 올림픽 때, 스피드스케이트 단거리에 세 명의 실력자가 있었어. 구로이와 도시유키, 이노우에 준이치, 미야베 유키노리야. 결국 500미터와 1000미터에서 세 개의 메달을 획득했지. 1994년 릴레함메르 올림픽 때는 노르딕복합 개인에서 고노 다카노리가 은메달을 땄지만 말할 것도 없이 당시 에이스는 오기와라 겐지였어. 금메달 기대주였던 오기와라의 실수를 고노가 멋지게 커버한 거지. 그다음 나가노 올림픽은 메달 러시였다고 이야기하지만 금메달을 딴 스피드스케이트의 시미즈 히로야스에게는 호리이 마나부, 모글스키의 사토야 다에에게는 우에무라 아이코, 스키점프의 후나키 가즈요시에게는 하라다 마사히코와 가사이 노리아키, 쇼트트랙의 니시타니 다카후미에게는 데라오 사토루와 우에마쓰 히토시 등 실력이 비등한 강력한 라이벌이 반드시 있었어. 반대로 메달을 기대할 수 있는 사람이 한 명밖에 없을 때는 대부분 안 좋은 결과가 나왔고. 이번 올림픽의 남자 피겨스케이트가 그런 경우 아닐까. 오다라는 라이벌이 있지만 선수 출전 기회 관계로 다카하시 선수만 나갔어. 우선은 출전 기회를 늘리는 것부터 생각해야 해. 스켈레톤의 고시, 남자 스피드스케이트 장거리의 시라하타, 여자 장거리의 다하타 선수도 오랫동안 고군분투했어. 도전을 계속해서 그만큼의 결과가 나오기도 했지만, 메달까지 도달하지 못한 건 혼자만의 도전에 한계가 있기 때문이라고 생각해. 유일한 예외라면 알베르빌 올림픽 여자 피겨스케이트에서 은메달을 딴 이토 미도리 선수 정도일 거야."

나는 거기까지 듣고 머리를 갸웃했다.

"하지만 하계 올림픽에는 원래 한 사람밖에 못 나가는 종목도 많잖아. 유도도 그렇고, 체조도 그렇고. 해머던지기의 무로후시 선수도 고군분투해서 금메달을 땄어. 라이벌이 없어서 메달을 노릴 수 없다는 말은 동계 스포츠의 어리광 아니야?"

그러자 아저씨는 검지를 세우고 미간을 찌푸리더니 쯧쯧 혀를 찼다. 괜히 화가 난다.

"동계 스포츠에는 자연의 영향을 받는 경기가 많고, '미끄러진다'라는 불안정한 상태에서 승부하기 때문에 사고도 일어나기 쉬워. 하계 올림픽에서는 있을 수 없는 스피드도 제어해야 하고. 무슨 일이 일어날지 모르는 게 동계 스포츠야. 그런데도 달랑 한 사람에게만 기대를 건다는 건 애당초 난센스이지."

"난센스라고까지 해야 하는 거야?"

"이번에 남자 슬라롬이 쾌거를 이뤘지만 그 사실을 우리에게 어느 정도 예언한 사람이 있었지."

"응. 기무라 기미노부 씨."

기무라 씨는 토리노에서 식사를 함께 했다. 남자 슬라롬 경기 이틀

전이었다.

"기무라 씨는 우리에게 남자 슬라롬은 재미있을 거라고 했어. 그 근거를 에이스인 사사키 선수의 컨디션이 좋으니, 라고 얘기하지 않았어. 그때 이미, 기무라 씨가 주목한 건 미나가와 선수였어. 미나가와 선수는 월드컵 성적에 따라 제2시드에 배정됐는데, 그러면 순서가 아무리 빨라도 열여섯 번째 이후라서 그리 좋은 조건에서는 경기할 수 없었어. 그런데 오스트리아에서 멤버를 바꾼 덕에 사사키 선수와 같은 제1시드로 올라갔어. 이러면 안 좋아도 경기 순서는 열다섯 번째 안이야. 잘만 하면 여덟 번째나 아홉 번째가 될 수도 있어. 두 선수가 그 상태로 경기를 펼친다면 크게 기대할 수 있다고 읽어낸 거지."

"그 예상이 그대로 맞았다는 거군."

"기무라 씨는 이 종목에서 오랫동안 혼자서 싸워왔어. 고군분투의 쓰라림과 한계를 피부로 느꼈기 때문에 오히려 이번에는 할 수 있다고 감을 잡은 거지."

"기무라 씨는 선수 시절에 여러 가지로 힘들었던 모양이네."

돌아오는 비행기에서도 함께 있었던 기무라 씨에게 결국 우리는 특별한 마음을 품게 되고 말았다.

"아라카와 시즈카 선수의 금메달도, 4위에 오른 스구리 선수가 있었다는 점을 주목해야만 해. 가령 아라카와 선수가 큰 실수를 했더라도 일본은 최소한 메달 하나를 확보할 수 있었다는 거지. 강하다, 메달을 기대할 수 있다는 말은 그런 거야. 지금까지 한 얘기를 통해 나

는 한 가지 결론을 내렸어." 아저씨는 손가락을 세웠다. "메달 획득
의 최소 조건은 에이스 이외에 또 한 명, 준에이스가 필요하다는 거
야. 준에이스 수준에 따라 승부의 행방이 결정된다고 해도 좋아."

옹옹, 과연, 맞는 말이라고 생각하면서 나는 고개를 끄덕였다. 하
지만 문득 떠오르는 게 있어 얼굴을 들었다.

"그런데 그 말은 요컨대 각 종목의 선수층이 두터워야 한다는 말
이잖아? 그거야 각 경기 단체도 생각하고 있을 거야. 이제 와서 아마
추어인 아저씨가 할 말은 아닌 것 같은데."

"아니, 단순히 층을 두텁게 하는 것과 준에이스를 육성하는 것은
발상부터 전혀 달라. 예를 들어 A라는 에이스가 있다고 치자. 여기에
B라는 준에이스를 육성할 계획이라면, A와 같은 타입으로 할 건지,
다른 특징을 지닌 선수를 지정할 건지 판단해야 해. 육성 단계에서

에이스를 두 사람 이상 만든다는 발상 자체가 없으면 좀처럼 실현할 수 없어. 지금까지는 이걸 되는 대로 그냥 내버려뒀기 때문에 잘 안 된 거야."

"되는 대로…… 뭐 그럴지도 모르지. 세계기록 보유자 대신 빗쿠 리돈키 사람이 건투해줄 거라고는 협회도 생각하지 못했을 테니까."

"그렇지만 이대로는 안 돼." 아저씨는 크게 고개를 저었다. "준에 이스를 키우기는커녕 세 번째, 네 번째 간판 선수를 만드는 것도 현 재로서는 어려워. 어려워지기만 하고 있다고."

"갑자기 비관적이 되어버리네."

"결국은 통계학이야. 메달을 노릴 수 있는 에이스급 선수가 나오 려면 그만큼의 분모가 필요해. 경기자가 많아야 그중에서 나오는 거 지. 현재 상태로는 많은 종목에서 에이스급을 하나 만드는 게 최선이야. 그런데 거기서 또 한 명을 더 키우려면 단순히 생각해도 경기자 수를 두 배로 늘려야 해. 하지만 동계 스포츠를 시작하려는 아이는 앞으로 점점 줄어들 거야. 이번 토리노 올림픽은 그 현상에 박차를 가할지 몰라."

"메달을 못 따서?"

"그야 당연히 그렇지. 동계 올림픽의 평균 시청률이 솔트레이크시티 올림픽에 이어 사상 두 번째로 낮았대. 아라카와 시즈카가 없었다면 아마도 최저가 되었을 거야. 동계 스포츠에 대한 관심이 점점 줄어든다면 정말 유감이야."

"메달을 따지 못해 관심이 없어져 경기자가 준다. 그래서 우수한 선수가 나오기 힘들어지니 점점 메달과 멀어진다. 완전 악순환이네."

"피겨스케이트 외에 시청률이 높았던 건 남자 하프파이프, 남자 스피드스케이트 500미터, 여자 모글스키야. 말할 것도 없이 올림픽 전 보도에서 메달을 기대할 수 있다고 얘기한 종목이야. 여기서 실패했기 때문에 사람들이 등을 돌린 거지. 반대로, 메달을 땄다면 인기가 부활했을 수도 있어. 어쩌면 다음 밴쿠버 올림픽은 일본에게 분기점일 수도 있어. 그때도 안 되면 일본인은 동계 스포츠에 관심을 끊을 거야."

"그러고 보니 아저씨는 일본인에게 동계 올림픽은 무엇이냐 하는 점도 검토했잖아? 결론은 나왔어?"

아저씨는 떨떠름한 얼굴로 음 하고 신음을 했다.

"뭐야, 결론 못 낸 거야?"

"시간이 좀 걸리겠어. 진짜 답은 밴쿠버 올림픽에서 나올 것 같아. 다만 현 단계에서 얘기할 수 있는 건⋯⋯."

"뭔데?"

"실제 올림픽 현장에 가서 직접 느껴보니 일본은 기묘한 나라라는 거야. 한국과 중국처럼 아시아인임을 자각하고 특화하는 게 아니라 유럽인이나 미국인과 같은 행동을 하려고 해. 다양한 경기장에서 우리는 '왜 이런 데 일본인이 있어?'라는 시선을 느꼈지. 조소와 비난마저 쏟아졌어. 대부분의 선수가 골인한 뒤에야 겨우겨우 경기장에 들어오는 일본 선수를 보고 아픈 기억이 생긴 것도 사실이야. 세계에서 일본의 입장을 상징하는 것처럼 여겨지기까지 해. 엉뚱한 곳에 무리하게 나가서 다른 나라 사람들 눈에 기이하게 비치고 있지. 하지만 나는 그런 일본 선수에게 감동했어. 쿠베르탱의 '참가하는 데 의의가 있다'라는 말의 의미를 태어나서 처음 알았어. 우리는 여기에 있다. 잊으면 안 돼⋯⋯ 그걸 당당하게 주장할 수 있는 장소가 올림픽이야. 일본에도 겨울이 있고 눈이 내리고 연못이 어는 장소가 있다. 그러므로 동계 올림픽에 나간다. 국가로서 당연한 일이야. 메달을 딸 것 같은 종목만이 아니라, 20위나 30위에 오르더라도 최선을 다하는 선수들에게 조금 더 빛을 비춘다면 동계 스포츠에 대한 관심도 변할 거라고 생각해."

음. 어쩐지 너무 잘 마무리하는 것 같은데!

"그래서 다음은 어떻게 할 거야?" 내가 물었다. "밴쿠버 올림픽, 기무라 씨가 초대해준 것 같은데."

"갈 리가 없지. 몸이 안 따라." 아저씨는 그렇게 말하며 얼굴을 찌푸렸다.

"다음에는 철저히 TV로 관전에 임해야지."

그 말을 들으면서 나는 정말 그렇게 될까 하고 생각했다. 이탈리아에서 귀국한 뒤 아저씨가 동계 스포츠 관전용 부츠를 인터넷으로 조사했다는 사실을 알고 있다.

그때 또 내게 '겨울의 마법'이 찾아올까?

"참가하는 데 의의가 있다."
                        - 쿠베르탱

수염이 나랑
비슷해서 그런지
멋져!

1

손발을 쭉 뻗고 하아 하고 하품을 크게 했다. 창으로 쏟아지는 햇살이 따뜻했기 때문만이 아니다. 아저씨가 전에 출간한 《꿈은 토리노를 달리고》를 읽다가 중간에 잠들어버렸다.

빠르구나. 이래저래 삼 년이 지났다. 몸의 움직임도 둔해졌다. 고양이는 인간보다 나이를 먹는 게 다섯 배는 빠르다.

그건 그렇고, 손에 든 《꿈은 토리노를 달리고》를 바라본다.

아저씨, 용케도 이런 일을 받아왔네. 이탈리아에 가서 올림픽을 취재하다니, 해외여행을 싫어하는 아저씨를 봐서는 도저히 생각할 수 없는 일이다. 게다가 매일, 엄청난 거리를 이동하지 않았나. 피곤했을 텐데. 아스티관광국의 마누엘라 씨는 잘 지낼까. 무모한 운전사 파울로는 여전히 고속도로를 쌩쌩 달리고 있을까.

아저씨가 고생하며 이 책을 쓰고 있을 때가 생각난다. 에세이는 잘

206

못 쓴다며 나를 주인공으로 한 소설 형식으로 쓰기 시작한 것이다. 고육지책이었다. 하지만 이렇게 다시 읽어보니 아저씨에게 올림픽 관전기를 쓰라고 한 것 자체가 안 될 말이었다는 생각이 든다. 올림픽의 현장감, 긴장감이 하나도 전해지지 않는다. 단순히 감상을 줄줄 쓴 것뿐 아닌가. 기본적으로 아저씨는 호러 이야기나 잘 쓰지 사실을 재미있게 전달하는 건 잘 못한다. 이 책 뒤에 에세이를 딱 한 번만 더 쓰고 다시는 쓰지 않기로 한 것 같은데 아주 잘한 결정이라고 생각한다. 그러고 보니 베이징 올림픽을 취재해보지 않겠느냐는 요청이 있었는데 그 자리에서 거절했다.

나는 책을 내던지고 본격적으로 자기로 했다. 오늘 아저씨는 외출했다. 스노보드를 타러 갔다. 스키장을 배경으로 하는 소설을 쓰고 있다며 취재 명목으로 신나게 놀고 있는 것이다.

꾸벅꾸벅 졸고 있는데 똑똑 노크소리가 났다. 이상하다, 택배라면 벨을 누를 텐데.

무시하고 있는데 다시 한 번 똑똑 소리가 들렸다. 귀찮았지만 괜히 신경이 쓰여 현관으로 갔다.

똑똑똑―. 또 두드린다.

고양이 말을 상대가 알아들을지 모르겠으나 일단 누구십니까, 하고 물었다.

대답이 없었다. 그 대신 문틈으로 뭔가가 들어왔다. 봉투 같았다.

나는 조심스럽게 문을 열어보았다. 문밖에는 아무도 없었다.

나는 봉투를 주웠다. 안을 확인해보니 티켓이 한 장 들어 있었고,

거기에는 이렇게 적혀 있었다.

'OLYMPIC 2056ⓒ 개최기간은 12월 10일부터 13일까지.'

올림픽? 2056이라니 무슨 소리야? 개최기간이 엄청 짧다. 티켓 디자인은 스키와 스케이트 일러스트를 아로새겨놓았다.

복도 끝을 봤다. 짙은 어둠이 이어지다가 그 끝에 빛이 보였다.

영문도 모른 채 거기까지 가야만 할 것 같아서 나는 앞으로 나아갔다. 기대와 불안이 뒤섞인 복잡한 심정이 가슴속에서 부풀어올랐다.

출구가 가까워지자 소리가 들렸다. 사람이 말하는 목소리도 있다. 하지만 밖에서 들어오는 빛이 눈부셔 눈을 뜨는 것도 어렵다.

눈을 감은 채 에잇 하고 발을 내디뎠다. 마음을 정하고 서서히 눈을 뜬다.

그곳은 보도步道 한가운데였다. 아차 하다 사람과 부딪칠 뻔했다.

여기가 어디지?

주위를 둘러보는데 일본인이 압도적으로 많다. 그러나 외국인도 적지 않다. 말하는 언어와 간판 글자는 일본어가 중심이지만 영어도 꽤 섞여 있다. 사람들이 입은 옷은 얇은 금속 같은 것으로 만들어져 있고, 건물은 죄다 거울처럼 반짝반짝 빛난다.

은행 같은 점포가 있어서 안으로 들어갔다. 이상한 기계가 쭉 늘어서 있을 뿐 카운터 같은 게 없다. 그 기계 패널에는 다음과 같이 표시되어 있었다.

DATE 2056년 12월 10일.

흠. 역시 이건가?

소설가의
에세이는
피곤하구나

현명한 독자라면, 이 이야기의 꼼수를 깨달았으리라. 이번 이야기는 시간여행이다. 나는 갑자기 2056년으로 와버린 것이다. 보통 왜 이런 일이 벌어졌는지 고찰하겠지만 그럴 틈이 없어서 생략한다. 그보다 마음에 걸리는 게 있다. 이 티켓이다.

인쇄된 내용에 따르면 이 세계 어딘가에서 올림픽이 열리고 있을 것이다. 게다가 디자인을 보건대 동계 올림픽이다. 그렇다면《꿈은 토리노를 달리고》의 주인공으로서 놓칠 수 없다.

그리고 나는 또 다른 불가사의한 일이 일어났음을 깨달았다. 유리문 앞에 섰는데 거기에 비친 내 모습이 토리노 때처럼 사람으로 변해 있었던 것이다.

다만 그때 같은 청년의 모습이 아니라 아무리 봐도 중년의 아저씨였지만…….

2

올림픽이 어디서 열리는지 알아야 할 것 같아서 지나가는 사람에게 물어보기로 했다. 처음으로 말을 건 것은 은색 양복을 입은 남성이다. 인상이 좋았기 때문이다.

그러나 내 질문을 받고 그는 의아하다는 표정으로 바뀌었다.

"올림픽? 무슨 소리야. 그런 건 아주 옛날에 끝났어."

"끝났다고요? 어디서 열렸는데요?"

"그거야 물론 여기지. 두 달쯤 전이지. 그 뒤에 장애인 올림픽도 열렸는데 그것도 한 달 전에 폐막했어."

"하지만 티켓에는 개최기간이 오늘부터라고 되어 있는데요?"

그렇게 말하며 티켓을 보여줬지만 남자는 고개를 갸우뚱했다.

"모르겠네. 뭔가 잘못된 거 아닐까."

그 후에도 몇 사람에게 말을 걸어봤는데 반응은 모두 같았다. 그래서 나는 파출소에 가보기로 했다. 경찰관이라면 올림픽 기간 중에 경비를 설 테니까 뭔가 알고 있을 것이다.

그러나 평범한 전대물일본의 특별촬영 영상물 시리즈 중 하나로, 플래시맨과 파워레인저 등이 유명 히어로 같은 체격의 경관도 티켓을 보더니 고개를 갸웃했다.

"이상하네요. 올림픽도 장애인 올림픽도 끝나 아주 옛날에 일반 경비로 돌아왔는데."

그때 옆에 있던 여성 경관이 티켓을 들여다보았다.

"어머, 이거 혹시 쿨림픽을 얘기하는 거 아닌가요? 괄호 안에 'C'라고 되어 있네요. 이거, 쿨림픽의 약자예요."

"쿨림픽? 아아, 그거. 그거라면 들어본 적 있어."

"분명히 오늘부터예요. 인터넷 지방뉴스에서 봤어요."

"그럼 틀림없네. 그것도 일단은 올림픽의 일부니까."

저기, 하고 내가 말했다. "쿨림픽이 뭔가요?"

"뭐라고 해야 하지." 경관은 팔짱을 꼈다. "원래는 추운 곳에서 열리는 스포츠 대회였는데."

"원래는? 지금은 아닌가요?"

"그야 오늘도 춥지만 옛날에는 그런 게 아니었던 것 같아요. 공기 속 수증기가 빗방울이 아니라 하얀 결정이 되어 내렸다고 하니까요. 그 결정이 쌓여 건물과 도로가 새하얗게 됐대요. 그럴 때 열리는 스포츠입니다. 이런 얘기 들어본 적 없어요?" 경관이 바보처럼 웃었다.

"……그 쿨림픽은 어디서 열립니까?"

"아, 그러니까."

경관들이 장소를 찾아주었다. 파출소에서 걸어서 오 분 정도 걸리는 곳에 있는 실내 경기장이 주경기장이라고 한다.

고맙다는 인사를 하고 파출소를 나왔다. 경기장으로 향하면서 경관의 말을 떠올렸다. 그가 말한 '하얀 결정'이란 눈을 말하는 게 틀림없다. 말투로 보건대 적어도 그는 눈을 본 적이 없다.

경기장을 보러 갔다. 지붕이 돔 형태이다. 안은 냉방을 해서 춥겠구나 하는 생각이 들었다. 12월이라는데 밖은 하나도 춥지 않다. 하지만 조금 전 경관은 이 기온을 춥다고 표현했다. 즉 이것이 보통이라는 걸까.

경기장 입구에는 'OLYMPIC 2056ⓒ'라는 간판이 나와 있다. 그러나 사람이 거의 없어 매우 한산하다.

관계자가 있어서 티켓을 보여주고 안으로 들어갔다. 토리노 때와 같은 소지품 검사는 하지도 않는다.

통로를 걸어가자 문이 열린 장소가 있었다. 문을 통해 안으로 들어가자마자 놀라고 말았다. 눈앞에 하얀 스케이트 링크가 있었기 때문이다. 레이싱 수트를 입은 선수들과 양복을 입은 경기위원들이 있다.

관중석은 텅텅 비어 있었다. 관전하는 사람들에게도 전혀 열기가 없다. 아는 사람이 출전하기 때문에 어쩔 수 없이 왔다는 분위기가 떠다닌다.

스타트 피스톨 소리가 울리고, 두 선수가 달리기 시작했다. 내가 잘 아는 스피드스케이트와 똑같아서 마음이 놓였다.

그러나 뭔가 이상하다. 뭔가 미묘하게 다르다.

곧 나는 위화감의 원인을 깨달았다. 조금도 춥지 않은 것이다. 스케이트 링크와 관중석 사이에 가림막이 있는 것도 아닌데 얼음의 차가움이 조금도 전해지지 않았다. 이런 기온이라면 얼음이 녹을 텐데.

이거 혹시, 하고 생각하고 있을 때였다.

"유메키치 씨 아닌가요?" 하고 갑자기 뒤에서 누가 말을 걸었다.

돌아보니 검은 복장을 한 노인이 서 있다. 그는 눈을 가늘게 뜨고 웃었다.

"역시 유메키치 씨다. 아아, 반갑네."

"앗! 당신은……."

토리노에 함께 간 구로코 군이었다. 쭈글쭈글한 할아버지가 되어 있었지만 멍한 표정은 그대로이다.

"오랜만이네요. 잘 지냈어요?"

"덕분에요. 유메키치 씨는 여전히 젊어서 놀랐습니다."

"아니, 여기에는 사정이 있어요."

나는 시간여행을 왔다는 사실을 구로코 군에게 말했다.

"그래요? 아주 불가사의한 일이네요." 구로코 군도 이 점을 선선히 흘려듣는다. "암튼 애써서 오셨으니 이 시대를 즐기다 돌아가세요."

"그건 좋은데 도대체 이 대회는 뭐예요? 쿨림픽이라는 게 뭐지?"

내가 묻자 구로코 군은 갑자기 슬픈 눈빛이 되었다.

"그건 얘기가 길어요. 최근 오십여 년 사이에 말도 안 되는 일이 일어났어요."

214

3

"유메키치 씨가 아시는 대로 20세기 말부터 지구온난화가 문제가 되었죠."

관중석에 나란히 앉은 후 구로코 군이 말하기 시작했다. 링크 안에서는 여전히 스피드스케이트 경기가 계속되고 있었다.

"결론부터 말하자면 온난화를 막을 수 없었어요. 이산화탄소 삭감이 잘 안 되었기 때문이기도 했지만 역시 인간은 자연의 힘을 컨트롤하는 게 불가능했습니다. 평균 기온이 해마다 상승해 남극에서도 북극에서도 얼음이 녹았습니다. 일본에서도 홋카이도에 유빙이 도착하지 않아서 호수에 얼음이 펼쳐지지 않는 게 드물지 않은 일이 됐습니다. 강설량도 격감했고, 마침내 2027년, 모든 스키장이 영업을 할 수 없어진 상태 그대로 겨울이 사라졌습니다. 일본의 스키장은 그 후 삼 년 이내에 모두 폐업했습니다. 같은 일은 유럽에서도 일어나

2032년, 표고 2000미터 이하의 산에는 눈이 사라졌습니다. 그리고 2036년, 세계의 스키와 스노보드 단체는 모두 해산되었습니다. 경기 자체가 시행되지 않았기 때문에 단체도 필요하지 않아진 거죠."

"자, 잠, 잠깐만!" 나는 양손을 구로코 군에게 내밀었다. "스키와 스노보드 경기가 시행되지 않았다니, 올림픽은 어떻게 됐어요?"

"당연히 그것도 얘기해야겠죠." 구로코 군은 고개를 끄덕이고 계속했다. "2034년, 마지막 동계 올림픽이 개최되었습니다. 개최지는 뉴욕입니다."

"뉴욕? 그런 곳에서?"

"어디든 상관없었습니다. 그 무렵에는 이미 어디에도 제대로 된 설산이 없었습니다. 스키와 스노보드 선수는 얼마 남지 않은 빙하 근처로 가서 형태뿐인 경기를 했습니다. 뉴욕은 단순히 방송중계 기지로만 이용될 뿐이었어요. 또 봅슬레이와 루지 같은 썰매 경기는 이미 열리지 않고 있었습니다. 시설을 만들어도 기온이 높아 쓸 수 없으니까요. 그런 한심한 올림픽에 뉴욕이 입후보한 건 단순히 피겨스케이트 대회를 현지에서 개최하고 싶었기 때문입니다. 사실 스케이트 경기는 온난화의 영향을 받지 않았습니다."

앗, 하고 나는 목소리를 높였다.

"이 링크 덕분에?"

"알아채셨군요." 구로코 군이 흐뭇해한다. "이것은 얼음이 아니라 플라스틱으로 만든 스케이트장입니다. 플라스틱에 특수 왁스를 코팅한 것입니다. 2008년 무렵부터 보급되었으니까 유메키치 씨도 아시겠죠?"

"당시는 연습용 링크로 개발되었지요. 하지만 그게 정식 경기에 사용되리라고는⋯⋯."

"불황 영향도 있어서 유지비가 낮은 플라스틱 링크는 순식간에 보급되었습니다. 그렇게 되니 정식 경기에서도 플라스틱 링크를 사용하도록 룰이 변경되는 것도 시간문제였습니다. 특히 여름에도 피겨스케이트를 볼 수 있다는 장점이 컸습니다. 관객이 추운 데서 떨 필요도 없습니다. 그리고 피겨스케이트가 플라스틱 링크를 사용하면 다른 스케이트도 따라갈 수밖에 없죠. 무엇보다 스케이트는 경제적으로는 피겨스케이트에 의존하니까요."

스케이트만이 아니겠지, 하고 나는 생각했다. 모든 동계 스포츠가 피겨스케이트에 의존한다는 것은 토리노에서도 느꼈다.

이 말을 하니 구로코 군은 침통한 표정으로 미간을 찡그렸다.

"확실히 그렇습니다. 2034년 뉴욕 올림픽도 피겨스케이트만 주목받았습니다. 다른 경기는 그야말로 생선회에 곁들이는 야채 정도였죠. 그리고 이듬해인 2035년, 결국 엄청난 결정이 내려졌습니다. 동계 올림픽의 무기한 개최 정지와 피겨스케이트의 하계 올림픽 이행입니다."

"어⋯⋯?" 나는 비틀거리고 말았다. "그런 바보 같은!"

"악몽 같은 얘기지만 사실입니다. 아까 말씀드렸듯이 피겨스케이트는 플라스틱 링크 덕분에 여름에도 경기가 가능해졌습니다. 그렇다면 굳이 동계 올림픽 종목에 들어갈 이유가 없다는 게 IOC의 명분이었습니다. 그리고 피겨스케이트가 없어지면 동계 올림픽에 입후보할 도시는 세계 어디에도 없습니다. 게다가 설산도 사라졌고요. 동계 올림픽의 소멸은 더는 피할 수 없는 일이었습니다."

"그럼 스피드스케이트와 쇼트트랙도 하계에?"

아니오, 하고 구로코 군은 안타깝다는 듯 고개를 저었다.

"이행은 피겨스케이트뿐이었습니다. 유일하게 검토된 종목은 아이스하키였는데 그쪽은 이미 프로리그가 있어서 결국 남겨졌습니다. 그래서 다른 종목은 전멸했습니다. 그들은 올림픽이라는 최고의 무대를 잃었습니다."

그의 말을 듣고 나는 울고 싶어졌다. 동계 스포츠를 끔찍이 사랑하는 아저씨가 들었다면 아마 기절했을 것이다.

"그래도 스케이트 선수는 아직 다행입니다. 피겨스케이트가 있어서 플라스틱 링크가 남아 있지요. 일단 경기를 계속할 수 있어요. 그런 점에서는 컬링도 구제받았죠. 플라스틱 링크에 대응하는 데 여러 가지로 애먹긴 했지만요."

"썰매 경기와 마찬가지로 스키와 스노보드도 절멸했나요?"

나는 일부러 비관적인 표현을 사용했다. 그러나 결코 과장이 아니었던 것 같다.

"눈 자체가 지구상에서 없어졌으니까요." 구로코 군은 힘없이 웃었다.

"실내 시설을 만들지 않았어요? 예전에 대규모 실내 스키장 같은 것을 만들었잖아요. 그 정도 규모가 아니라도 하프파이프를 할 정도의 시설이라면 가능할 텐데."

"예. 그런 시설이 여럿 만들어진 적도 있습니다. 하지만 어느 곳이나 결국 경영난에 무너졌어요. 생각해보면 당연합니다. 작은 실내 시설을 이용해서라도 타고 싶어 하는 사람들은 광대한 설원을 달려본 경험이 있는 사람들입니다. 옛 추억을 떠올리기 위해 왔지만 겨우 수십 미터 거리를 타려고 새로 스키와 스노보드를 갖춰야 한다면 좋아할 사람이 없겠죠. 지금은 하프파이프라고 하면 스케이트보드나 롤러블레이드, 바이크 경기로 이해합니다."

구로코 군의 이야기를 들으며 나는 크게 낙담했다. 모든 게 심각했다. 눈이 없어진다, 겨울이 사라진다는 소리였다.

피스톨 소리가 울려 나는 고개를 들었다. 스피드스케이트 경기는 계속되고 있었다.

"그럼 이 대회는 도대체 뭐죠? 동계 올림픽은 없어지고 하계 올림픽에는 들어가지 못했다면서 이렇게 레이스를 하고 있잖아요."

그러자 구로코 군은 링크를 돌아보며 한숨을 쉬었다.

"이건 올해만 열리는 기념행사입니다. 매번 열리는 게 아닙니다."

"왜요?"

"2035년에 동계 올림픽의 무기한 개최 정지가 결정된 후에도 피겨스케이트를 제외한 동계 경기 단체는 동계 올림픽의 역사만은 남기려고 노력했습니다. 스키, 스노보드, 봅슬레이, 루지…… 그런 스포츠가 있었다는 것조차 잊으면 무척 쓸쓸할 테니까요. 그래서 이번 하계 올림픽과 장애인 올림픽이 끝난 후 동계 올림픽에서 했던 종목을 부활시킨 겁니다. 추운 계절에 열렸던 경기라고 해서 쿨 올림픽, 줄여서 쿨림픽이라고 부릅니다.”

“그렇게 된 거였군.” 드디어 명칭에 대해 이해가 가서 나는 무릎을 쳤다.

“그러나 어디까지나 전시입니다. 우승해도 메달은 없습니다. 예전에 이런 올림픽이 있었다고 소개하는 것뿐입니다.”

나는 실망해 어깨가 처졌다. 이래서는 흥이 안 나는 게 당연하다.

“부활시켰다고 해도 링크를 사용하는 경기뿐이네요. 스키나 스노보드 대회는 불가능하겠죠.”

“아니요. 가능합니다.” 구로코 군이 조금 기운을 되찾은 목소리를 낸다.

“가능해요? 실내 시설을 만들었다는 말인가요?”

“뭐, 그런 셈인데.” 그는 손목시계를 봤다. “마침 잘 됐네요. 지금 알파인 대회를 하고 있을 겁니다. 보러 가시죠.”

“우와!”

나도 조금은 힘을 되찾았다.

4

구로코 군을 따라 도착한 곳은 영화관 같은 장소였다. 정면에 거대한 모니터가 설치됐고 그것을 감상하는 의자가 있다. 손님은 30퍼센트 정도 차 있었는데 대부분 연배가 있는 고령자였다.

모니터에 설산이 비친다. 서서히 줌인된다. 그리고 스타트 지점에 있는 선수의 모습이 보였다.

오우! 하고 나는 절로 소리를 높였다.

마침내 선수가 힘껏 출발한다. 과감하게 코스를 공략한다. 아무래도 슈퍼자이언트슬라롬 시합인 듯하다. 선수가 몸을 틀 때마다 눈보라가 인다.

굉장해, 하고 나는 구로코 군에게 말했다.

"아직 이렇게 눈이 쌓인 곳이 남아 있네요. 도대체 어디지? 캐나다인가?"

그러자 구로코 군은 천천히 고개를 저었다.

"유감스럽게도 이건 중계가 아닙니다. 선수는 저기에 있어요."

그가 가리킨 곳은 무대 구석에 있는 창고 같은 박스였다. 잘 보니 문이 달려 있다.

"선수가 저 안에? 그렇다면 혹시……."

"맞아요." 구로코 군이 수긍했다. "일종의 시뮬레이션입니다. 선수가 특수 고글을 쓰고 거기에 보이는 코스를 타는 겁니다. 그들의 움직임을 컴퓨터가 분석하고, 코스와 함께 영상으로 만들어 이렇게 실제로 타는 것처럼 보여주는 거지요."

"그러니까 CG…… 정말 잘 만들었네요."

나는 모니터를 응시했다. 멋진 활주를 선보이는 선수의 모습도, 이리저리 튀는 눈도, 멀리 보이는 풍경도 모두 실제 영상으로 보였다. 하지만 생각해보면 당연한 일일지도 모른다. 우리가 사는 시대에도 CG기술이 꽤 성숙해 있었다.

"CG기술은 완벽하지만 이 영상을 만들 때 상당히 고생했다고 합니다. 무엇보다 대부분의 스태프가 스키도 설산도 본 적 없으니까요. 옛날 영상을 참고했답니다." 구로코 군이 말했다.

지구상에서 설경이 사라졌다는 걸 나는 드디어 실감했다. 주위 관객을 보니 옛날을 그리워하는 눈빛들이었다. 컴퓨터 영상을 보면서 자신들이 바람을 가르며 설산을 누비던 시절을 떠올리고 있을 게 틀림없다.

모니터 속 선수가 멋지게 기문을 통과해 골인했다. 관객들 사이에서 박수가 일었다. 나와 구로코 군도 박수를 쳤다.

얼마 후 시뮬레이터의 문이 열리고 키 큰 남성이 나타났다. 머리는 희고 얼굴에는 주름이 깊다. 정정해 보이지만 여든 살은 넘은 것 같았다.

그런가, 하고 나는 이해했다. 비록 시뮬레이터라고 해도 실제 스키 기술이 없으면 가상의 코스를 활주할 수 없다. 그러나 이 시대에는 올림픽 수준의 스키 기술을 가진 사람은 노인밖에 없을 것이다.

관객들은 누구 할 것 없이 모두 일어나 박수를 보냈다. 멋진 활주 기술을 칭찬하는 기립 박수였다. 물론 우리도 일어났다.

장신의 노인은 무대 중앙까지 걸어나와 박수에 응해 두 손을 흔들었다.

나는 깜짝 놀랐다. 그 웃음이 낯익었다.

"저 사람은 올림픽에 사 연속 출전한……."

거기까지 얘기했을 때 "유메키치 씨" 하고 구로코 군이 말을 걸었다. 그를 보자 구로코 군은 쓸데없는 말은 하지 말라며 손가락을 입에 댔다.

나는 고개를 끄덕이고 더욱 힘차게 박수를 쳤다.

5

거의 한나절에 걸쳐 쿨림픽 종목 몇 가지를 관전했다. 하프파이프와 스키크로스, 바이애슬론도 봤다. 대부분이 CG와 시뮬레이터의 조합이었지만 그래도 즐거웠다.

"이 시대의 젊은이들은 이런 스포츠를 즐기지 못하는 거네요. 왠지 가여워요."

내 말에 구로코 군은 얼굴을 찡그렸다.

"정말 안타까운 일입니다. 우리 시대에 무슨 일이든 해야 했습니다. 적어도 지구온난화 대책에 어느 정치가가 진심이고 어느 정치가가 진심이 아닌지 정도는 알았어야죠."

"이제 다 늦어버린 건가요?"

구로코 군이 등을 꼿꼿이 세웠다.

"아니요. 그렇지는 않습니다. 인간은 어리석은 동물이지만 학습하는 동물이기도 합니다. 지구 곳곳에서 예전 기후를 되찾으려 노력하고 있습니다. 앞으로 몇 년, 아니 몇십 년이 지나면 자연은 반드시 우리를 용서해줄 겁니다. 저는 그렇게 믿습니다." 구로코 군은 힘주어 단언한다.

"그러면 좋겠네요. 그때까지 스키와 스노보드 기술이 이어져야 할 텐데."

"맞는 말씀입니다."

어느새 처음 장소로 돌아왔다. 바로 옆 건물 벽에 검은 그림자가 드리워졌다. 벽에 생긴 구멍 같았다. 그게 무엇인지 나는 깨달았다.

"이제 슬슬 돌아가야 할 것 같군요."

"그런 것 같네요."

"여러모로 고마웠어요. 구로코 군, 건강하게 오래 살아요."

"고맙습니다. 유메키치 씨도 건강하세요."

나는 구로코 군에게 손을 흔들면서 벽의 검은 그림자로 다가갔다. 발을 내밀자 아무 저항 없이 벽 너머로 넘어간다.

나갈 때와 마찬가지로 어두운 복도가 길게 이어져 있었다. 나는 뒤를 돌아보지 않고 안으로 나아간다. 얼마 후 익숙한 문이 눈앞에 나타났다.

방으로 들어오자 현관 앞에 더러운 가방과 스노보드 케이스가 놓여 있다. 아저씨가 돌아온 모양이다. 욕실에서 어설픈 콧노래 소리가 들려온다. 아무래도 기분이 좋은 듯하다. 스키 코스의 컨디션이 좋았을지도 모른다.

그래, 지금을 즐겨라, 하고 나는 생각했다. 앞으로 이십 년이 지나면 일본에서는 탈 수 없을 테니까.

아니, 잠깐. 이십 년 후면 아저씨는 일흔 살인가. 어차피 못 타나.

거기까지 생각하다 나는 내 실수를 깨달았다. 그 시대…… 2056년에 아저씨는 뭘 하고 있었을까. 구로코 군에게 물어봐야 했는데 놀라움의 연속이라 아저씨를 완전히 잊고 있었다.

2056년에는…… 아흔여덟 살인가?

역시 무리겠다. 아니, 저 아저씨라면 의외로 살아있을 수도 있을 것 같다.

구로코 군에게 아저씨에 대해 묻지 않은 게 정답일지 모른다. 물었다면 내 태도가 변했을 우려가 있다.

'이 아저씨, 앞으로 이십이 년밖에 못 사네. 가여워라.'

그렇게 생각하면 지금까지처럼 싸울 수도 없다.

어느새 내 모습은 고양이로 돌아와 있었다.

문제적 작가와 만나는 즐거움

이 아저씨, 골치 아프다. 신간을 읽고 돌아서면 또 신간이란다. 히가시노 게이고, 이 문제적 인간! 아니, 작가로서는 드물게 고액납세자 명단에도 오를 만큼 돈을 벌었으면서 왜 번 돈은 안 쓰고 글만 쓰고 있는 걸까. 늦게 배운 도둑질이 무섭다는 게 이런 말일까? 엄청난 집필량으로 사람들을 기죽이는 히가시노 게이고이지만 처음부터 문학 소년은 아니었다. 나중에 《백야행》과 《나니와 소년탐정단》의 무대 된 오사카의 이쿠노에서 태어난 히가시노는 성적도 그만그만, 별다른 특기도 없는 평범한 소년이었다. 많은 작가가 어려서부터 책과 친했던 반면 이 소년은 만화책도 읽지 않았다고 한다.

그런 그가 바뀐 것은 고등학교 2학년 때. 우연히 손에 잡은 고미네 하지메의 《아르키메데스는 손을 더럽히지 않는다》를 계기로 추리소설에 빠졌고, 에도가와 란포와 마쓰모토 세이초라는 대가를 알게 되면서 자신이 직접 추리소설을 쓰기에 이른다. 그러나 자기 누이에게 에도가와 란포는 귀화했으며 에드거 앨런 포가 본명이라고 했다니, 당시 고교생 히가시노의 작품이 어땠을지는 가늠(?)이 간다.

낙방 전문 작가?

재수 끝에 대학에 들어간 히가시노는 양궁팀에서 활동하는데, 이는 《방과 후》라는 작품으로 결실을 맺는다. 졸업 후 전공을 살려 일본전장주식회사(현 덴소)에 엔지니어로 입사한 그는 틈틈이 추리소설을 써서 에도가와란포상에 응모한다. 그리고 두 번의 낙방 끝에 1985년 《방과 후》로 수상의 영예를 안으며 전업 작가의 길을 걷기 시작했다.

전업 작가가 되었지만 작품은 간신히 증쇄가 될 정도. 히가시노 게이고라는 이름을 독자의 뇌리에 분명하게 각인시킬 만한 작품도 없이, 소수 열성팬만 거느린 작가로 자리매김하고 있었다. 이는 히가시노가 열다섯 번이나 문학상에 낙방했다는 데서도 잘 드러난다.

그를 처음으로 베스트셀러 작가로 등극시킨 작품은 1998년에 발표한 《비밀》이다. 영화와 드라마로도 만들어진 이 작품은 제52회 일본추리작가협회상의 장편 부문을 수상했고, 히가시노는 드디어 스타 작가 반열에 이름을 올린다(이 역시 다섯 번이나 후보에 오른 끝에 수상).

이후 2006년 《용의자 X의 헌신》으로 제134회 나오키상(여섯 번 후보에 올라 수상)을 수상하는 등 꾸준히 평판을 높여갔다. 그리고 2009년에는 일본추리작가협회 이사장, 2014년에는 나오키상 심사위원으로 위촉되는 등 이제는 단순한 스타 작가를 넘어, 일본 문학계를 이끄는 중진으로 굳건히 자리 잡았다.

주변의 소재에서 사회적인 문제로

작가 생활을 시작했을 무렵, 히가시노는 주로 자기 주변에서 작품 소재를 찾았다. 대학에서 전공한 과학기술을 소재로 다루기도 했고, 학창시절에 경험한 검도, 야구, 스키점프, 스노보드 등의 스포츠를 소재로 한 작품도 많다. 이 무렵은 학원물부터 본격추리, 서스펜스, 엔터테인먼트까지 다양한 장르를 시험하던 시기이기도 하다. 소재와 장르의 다양성만큼이나 독자와 평단의 평가 역시 다양하다. 뛰어난 작품이라 평가받는 작품도 있고, 상대적으로 부족하다고 평가받는 작품도 있다. 헐렁한 재미, 촘촘한 재미…… 히가시노의 신인 시절 작품은 다채로운 재미(?)를 선사한다.

초기부터 현재까지, 히가시노의 작풍 변화를 살펴보는 일도 꽤 흥미로울 듯하다. 초기에 그는 이른바 본격추리소설들이 선보여온 '의외성'에 집중하는 경향이 있었다. 1986년《백마산장 살인사건》발표 당시 "밀실, 암호 같은 고전적인 소도구를 좋아합니다. 뒤처진다는 말을 듣더라도 계속 매달리고 싶습니다"라고 발언한 데서 그 경향의 연원을 엿볼 수 있으리라. 그러나 1996년 작품《명탐정의 규칙》에서는 자신의 말을 뒤집듯 고전 추리소설의 규칙을 비꼬며 작풍 변화를 시사한다. 사실 변화의 조짐은 1990년 작품《숙명》에서 이미 드러냈다고 할 수 있다. 트릭 중심의 수수께끼 풀이가 아니라, 두 주인공의 '운명적 관계'에서 비롯되는 드라마를 통해 색다른 종류의 의외성을 선보인 것이다. 작풍 변화는 거침없이 이어져, 1990년대 후반 이후 히가시노의 작품은 두 가지 방향으로 나뉘어 전개된다. 한 가지는 '누가 했나(Who done it)'에 중점을 두는 작품군이고, 나머지 한 가지는 '어떻게 했나(How done it)'에 중점을 두는 작품군이다.

최근에 들어서면서, 히가시노는 사회적 문제로까지 눈을 돌리고 있다. 히가시노에게 최고의 영광을 가져다준 《용의자 X의 헌신》에서는 가정폭력과 학교, 노숙자 문제를 건드려 커다란 반향을 일으켰고, 《몽환화》에서는 과거를 지우려고만 하는 현대 일본의 태도를 원전 문제와 함께 에둘러 비판하기도 했다. 이 문제적 작가는 안주하는 모습이라고는 찾아볼 수 없이, 말 그대로 미스터리의 외연을 넓히려는 시도를 멈추지 않는다.

시리즈는 최소한만!

자, 여러분이 생각하는 히가시노의 대표작을 하나씩 들어보자. 수많은 작품이 나오겠지만 그래도 많은 사람에게는 '탐정 갈릴레오 시리즈'와 《신참자》로 대표되는 '가가 형사 시리즈'의 작품이 널리 알려져 있을 것이다. 아마 후쿠야마 마사하루(유가와 마나부 역), 아베 히로시(가가 교이치로 역)라는 드라마 속 잘생긴 배우의 이미지가 각인되어 더욱 그럴 것이다.

하지만 한 가지 팁을 드리자면 히가시노 게이고는 시리즈 캐릭터를 최소한으로 사용하는 과감한 작가이다. 일본에는 한 시리즈가 성공하면 그 시리즈로 평생 먹고사는 작가도 많은데 이 정도의 국민 캐릭터를 만들어놓고도 히가시노는 매번 다른 주제와 캐릭터, 작풍에 매진한다.

그것이 어쩌면 이 아저씨가 번 돈 까먹는 데 시간을 쓰는 대신 책상 앞에 앉아 끊임없이 편집자들을 괴롭히는 이유일지도 모른다. 언제나 새로운, 그리고 사회적인 문제를 찾아 오늘도 히가시노 게이고라는 아저씨가 우리 주위를 어슬렁거리고 있다.

고양이와 토리노를 달리다

한편 히가시노 게이고는 동계 스포츠 마니아로 널리 알려져 있다. 그 스스로가 스노보드 마니아이고 스키점프는 경기만 열리면 침을 튀기며 해설할 정도로 열성팬이다. 이는 《백은의 잭》《뻐꾸기 알은 누구의 것인가》《질풍론도》 같은 스키장 시리즈로 빛을 보았다. 2006년에는 이탈리아 토리노에서 열린 동계 올림픽을 직접 참관하기까지 하는데, 에세이를 잘 쓰지 않기로 유명한 그가 귀국 후에 내놓은 책이 바로 한국 독자에게 처음으로 소개되는 에세이 《꿈은 토리노를 달리고》이다.

겸손을 빙자하여, 에세이는 소설보다 어렵다고 투덜거리는 히가시노는 애묘를 인간으로 변신시켜 함께 토리노로 떠난다는 기막힌 설정을 생각해내고 글을 이어간다. 동계 스포츠 각 종목에 대한 그의 박식함이나 현장에 함께하는 것 같은 묘사는 물론, 고양이와 티격태격하는 팀플레이가 독자들에게 히가시노 게이고를 읽는 새로운 즐거움을 선사하리라 믿는다.

2017년, 민경욱

옮긴이 **민경욱**

1969년 서울에서 태어나 고려대학교 역사교육학과를 졸업했다. 일본문학 전문번역가로
활동하며, 히가시노 게이고의 《몽환화》《11문자 살인사건》《브루투스의 심장》을 비롯해,
요코야마 히데오의 《그늘의 계절》《얼굴》, 도쿠나가 케이의 《이중생활 소녀와 생활밀착
형 스파이의 은밀한 업무일지》, 오리하라 이치의 《그랜드맨션》, 그 밖에 《납치당하고 싶
은 여자》《SOS 원숭이》《9월이 영원히 계속되면》 등 다양한 작품을 우리말로 옮겼다.

꿈은 토리노를 달리고

1판 1쇄 발행 2017년 2월 27일 **1판 3쇄 발행** 2017년 5월 27일
지은이 히가시노 게이고 **옮긴이** 민경욱
펴낸이 김강유
편집 박정선 **디자인** 정지현

발행처 김영사
주소 경기도 파주시 문발로 197(문발동) 우편번호 10881
등록 1979년 5월 17일(제406-2003-036호)
구입 문의 전화 031)955-3200 **팩스** 031)955-3111
편집부 전화 02)3668-3291 **팩스** 02)745-4827 **전자우편** literature@gimmyoung.com
비채 카페 cafe.naver.com/vichebooks **인스타그램** @drviche
트위터 @vichebook **페이스북** facebook.com/vichebook
ISBN 978-89-349-7683-7 03830 책값은 뒤표지에 있습니다.

비채는 김영사의 문학 브랜드입니다.
이 도서의 국립중앙도서관 출판예정도서목록(CIP)은 서지정보유통지원시스템 홈페이지(http://seoji.
nl.go.kr)와 국가자료공동목록시스템(http://www.nl.go.kr/kolisnet)에서 이용하실 수 있습니다.
(CIP제어번호: CIP2017003957)